westermann

# Karibu

## Lesebuch 3


**Erarbeitet von**

Susanne Goralsky, Maria Hoyme,
Gerburg Kirsch, Corinna Roggenkamp,
Vera Scheithauer

Auf der Grundlage von Karibu Lesebuch 2016,
erarbeitet von

Katharina Berg, Gerburg Kirsch,
Heike Oberstadt

**Illustriert von**

Friederike Ablang, René Amthor,
Antje Bohnstedt, Svenja Doering

# Inhaltsverzeichnis

**Was diese Zeichen bedeuten**

So verwendest du die QR-Codes.

STOPP

Hier kannst du im *Das kann ich*-Heft Aufgaben bearbeiten.

Anforderungsbereich 1

Anforderungsbereich 2

Anforderungsbereich 3

In den Fußzeilen sind die Kompetenzen der jeweiligen Seite aufgeführt.

digitale Kompetenzen

zu diesen Texten gibt es ein Quiz bei Antolin

Bildung für nachhaltige Entwicklung

• LAH Fördern Inklusion A, S. 4, 5

**Hallo Klasse 3,**

Bu und ich machen gerade Urlaub auf Karibuka.
Auf diesem Planeten gibt es witzige Bäume.
Gerade sitzen wir an einem funkelnden See.
Sein Wasser leuchtet in der Nacht rosa.

Liebe Grüße
Kari und Bu

**Hallo liebe Klasse 3,**

nun sind wir auf „Weißfels". Das ist der letzte Planet, den wir auf unserer Reise besuchen. Hier ist alles aus Eis: die Häuser, die Autos und sogar die Pflanzen. Kari hat mir zum Glück einen warmen Schal eingepackt. Bald ist unser Urlaub zu Ende. Schade! Aber wir freuen uns schon darauf, euch nach den Ferien wiederzusehen.

Liebe Grüße nach Deutschland
Kari und Bu

**Hallo liebe Kinder der Klasse 3,**

vorgestern hat endlich unser lang ersehnter Urlaub begonnen.
Wir werden drei Planeten erkunden. Unser erster Urlaubsort
ist der Planet „Vulkania". Hier ist es unvorstellbar heiß!
Darum verbringen Kari und ich unsere Tage vorzugsweise am
Vulkan-Pool und gönnen uns eine kleine Abkühlung in der
blutroten Lava. Leider mussten wir unsere Luftmatratze schon
nach dem ersten Bad entsorgen. Sie ist einfach geschmolzen.
Könnt ihr euch das vorstellen? Viele liebe Grüße
Kari und Bu

• Text-Bild-Bezüge für Textverständnis und Deutung auswerten

**Satz der Woche:** Lesen ist, auf eine Reise zu gehen, ohne den Raum zu verlassen.

**Besondere Angebote:**

Kochen
Chor
Theater
Ballspiele
Computer
Gitarre
Lego bauen

**Unsere Gesprächsregeln:**

- Ich melde mich, wenn ich etwas sagen will.
- Ich höre zu, wenn jemand spricht.
- Ich lasse andere ausreden.
- Ich spreche laut und deutlich.

Hallo und willkommen.
Hier gibt es viel zu entdecken.
Können wir dieses Jahr wieder alle gemeinsam ein Rollenspiel machen?
Worauf freut ihr euch in Klasse 3? Wer möchte anfangen?
Ich freue mich, wenn wir wieder Gedichte lernen und vortragen.
Ich hoffe, wir lesen viele Märchen. Ich mag die spannenden Geschichten voller Magie.
Vielleicht werde ich dieses Jahr Lesepatin.
Wollen wir wieder zusammen Tandemlesen?

# Drei Schulwege

## In der Arktis

Svenja wohnt in Spitzbergen. Das liegt ganz im Norden in der Arktis. Sie hat keinen weiten Weg zur Schule. Selbst Ende August, wenn das Schuljahr beginnt, muss sie sich schon warm anziehen – mit Mütze, Handschuhen und dicker Jacke. Denn es ist schon kalt und auf den Bergen liegt Schnee. Svenja schnallt sich im Winter ihre Ski unter. So kommt sie schnell voran und macht gleich etwas Sport. Vor dem Schulgebäude steckt sie die Ski einfach in den Schnee. Einige Kinder werden von den Eltern mit Motorschlitten gebracht. Die Schule ist auch bei Schneestürmen und bei eisiger Kälte offen. Hier ist man alle Wetterlagen gewöhnt. Die Räume sind gut geheizt.

## In Indien

Viele Menschen in Indien tragen farbenfrohe Kleidung. Doch für Schülerinnen und Schüler gelten strenge Kleiderregeln. Bevor sich Leela, Baldev und Jay morgens auf den Weg zur Schule machen, ziehen sie deshalb ihre Schuluniformen an. Kaum aus dem Haus, tauchen die Geschwister in das typische Verkehrschaos auf den indischen Straßen ein. Am Straßenrand haben Verkäufer ihre Obst- und Gemüsestände aufgebaut. Autos, Busse, Mopeds und Fahrräder fahren hupend und lärmend kreuz und quer durcheinander.

Weil Ampeln selten sind oder von den Autofahrern ignoriert werden, ist das Überqueren der Straße zu Fuß gefährlich. Wer es sich leisten kann, besteigt eine der typischen Rikschas: Das sind Fahrradtaxis, die die Fahrgäste langsam, aber sicher durch den dichten Verkehr bringen. Die gibt es auch motorisiert und umgebaut, dann dienen sie als Schulbusse, die bis zu zwanzig Kinder transportieren können.

## In Papua-Neuguinea

Mary-Sisa ist die Einzige in ihrer Familie, die zur Schule geht, denn ihre Geschwister sind noch zu klein. Es ist gar nicht so einfach, in die Regenwald-Schule zu gelangen. Straßen kennt man in dieser Gegend nicht und die Trampelpfade durch den dichten Dschungel sind wegen der steilen Abhänge und reißenden Flüsse zu gefährlich. Der einfachste und schnellste Weg ist deshalb ein kleiner Fluss, auf dem das Mädchen zusammen mit einigen Kindern unterwegs ist. Das Kanu hat Mary-Sisas Vater selbst gebaut. Damit paddeln sie fast eine Stunde lang durch die Hitze. So haben sie schon ordentlich Sport getrieben. Am Ende müssen sie noch einen kurzen Weg zu Fuß bis zur Schule zurücklegen. Das Kanu wird an einen Baumstamm gebunden und über eine hölzerne Brücke geht es ein Stück durch den Urwald. Die älteren Kinder haben ein Buschmesser dabei, mit dem sie sich falls nötig den Weg freischlagen.

1. Lies einen Text. Tausche dich mit einem anderen Kind aus.
2. Sucht gemeinsam auf S. 99 auf der Weltkarte die Länder.
3. Welchen Schulweg findest du spannend? Begründe.
4. Beschreibe einem anderen Kind deinen Schulweg.

- LAH Fördern Inklusion A, S. 10, 11

- mit anderen sprechen: an Gesprächssituationen beteiligen
- von eigenen Erfahrungen berichten

## Gemeinsam können wir was verändern

*Für das Schülerradio hat Jessi ein Interview mit Kindern aus der Klimagruppe geführt. Sie möchte erfahren, an welchen Projekten sie arbeiten.*

Hallo und herzlich willkommen zu diesem Interview zum Thema „Bildung für nachhaltige Entwicklung“. Heute haben wir drei fantastische Kinder hier. Sie erzählen uns, warum diese Ziele so wichtig sind und was wir dafür tun können. Lasst uns gleich loslegen!

Hi, ich bin Lena. Ich denke, es ist total wichtig, die Umwelt zu retten. Wir haben schließlich nur eine Erde. Wenn wir den Müll nicht ordentlich trennen und wiederverwerten, wird unsere Umwelt immer schmutziger.

Das ist wirklich wichtig, Lena. Und wie hilft euer Projekt dabei?

In unserer Schule haben wir coole Mülltonnen gebaut, die wie Basketballkörbe aussehen. So macht das Mülltrennen Spaß und wir sorgen dafür, dass unsere Schule und die Umwelt sauber bleiben.

Hallo, ich bin Juri. Der Klimawandel ist auch ein riesiges Problem. Wenn wir nicht aufpassen, werden die Temperaturen steigen und das Wetter verrücktspielen. Das betrifft uns alle.

Da hast du recht, Juri. Was unternehmt ihr in eurer Gruppe gegen den Klimawandel?

Wir haben Energiebeauftragte in jeder Klasse. Sie achten darauf, dass wir das Licht ausschalten, die Heizung beim Lüften nicht vergessen und am Ende des Tages alle Geräte ausschalten. So sparen wir Energie und helfen, den Klimawandel zu stoppen.

Hi, ich bin Noah. Gerechtigkeit für alle ist mir besonders wichtig. Es ist nicht fair, dass manche Menschen arm sind und nicht die gleichen Chancen haben wie andere.

Das ist eine wichtige Sache, Noah. Wie tragt ihr dazu bei?

Wir haben ein Büchertauschregal in unserer Schule. Das bedeutet, dass wir nicht immer neue Bücher kaufen müssen. Wir stellen Bücher, die wir gelesen haben, dort hin. Andere Kinder können sie sich dann nehmen. Das spart Geld und schont die Umwelt, weil weniger Bücher gedruckt werden müssen.

Das klingt nach großartigen Projekten! Wir müssen zum Schluss kommen. Was möchtet ihr anderen Kindern sagen, die auch etwas für eine bessere Welt tun wollen?

Jeder kann etwas tun, egal wie klein oder groß.

Ja, und wenn wir alle zusammenarbeiten, können wir wirklich viel erreichen.

Genau, lasst uns unsere Welt gemeinsam besser machen!

Vielen Dank für eure tollen Ideen. Ihr seid echte Umweltheldinnen und -helden! Ich hoffe, dass unsere Zuhörerinnen und Zuhörer viel gelernt haben und Lust bekommen haben, selbst anzupacken. Ich freue mich, wenn ihr nächste Woche wieder einschaltet. Dann haben wir eine Bibliothekarin eingeladen.
Bis dahin. Tschüssi.

1. Welche Ideen haben die Kinder für den Klimaschutz? Zähle auf.
2. Sammelt Ideen, was ihr in eurer Schule für die Umwelt tun könnt. Nutzt zum Beispiel eine Mindmap dafür.
3. Führt selbst ein Interview mit Kindern aus eurer Schule.

- verschiedene Textsorten kennen: Interview
- Gesprächsstrategien anwenden: Fragen stellen
- eigene Ideen entwickeln

## Spielend leichte Pausenspiele

### Wer bin ich?

Dieses Spiel kann man mit vielen Kindern spielen. Alles, was man braucht, sind Stifte und Klebezettel. Jedes Kind schreibt für ein anderes Kind eine Person oder ein Tier auf. Jedes Kind bekommt einen Zettel an die Stirn geklebt. Das Kind darf nicht lesen, was auf dem Zettel steht. Alle können die Begriffe der anderen lesen, nur den eigenen nicht. Ziel ist es zu erraten, wer du bist. Ein Kind beginnt, Fragen zu stellen. Es dürfen nur Fragen sein, die mit *Ja* oder *Nein* zu beantworten sind. Bei der Antwort *Ja* darf das Kind immer weiterfragen. So kommt es der Lösung immer näher. Ist die Antwort *Nein*, ist das nächste Kind dran. Das Spiel endet, wenn alle wissen, wer sie sind.

### Menschliches Memory

Dieses Spiel funktioniert wie normales Memory, bei dem immer Karten aufgedeckt werden mit dem Ziel, zwei gleiche zu finden. Hier geht es darum, dass die Menschen selbst die Karten sind. Teilt die Klasse so auf, dass jeder ein Partnerkind hat. Ausgenommen sind die Kinder, die raten sollen. Legt ein Thema fest, zum Beispiel Märchen. Dann könnten Dornröschen und die Spindel zusammengehören oder Hänsel und Gretel. Die Ratenden gehen aus dem Raum und die zusammengehörigen Kinder verteilen sich auf den Stühlen.

Wenn sie dann von einem Kind „aufgedeckt“ werden, stehen die Kinder nacheinander auf und sagen den Namen der Figur oder des Gegenstands. Gehören sie nicht zusammen, setzen sich die Kinder wieder hin. Passen die Kinder zusammen, gehen sie an den Rand bis zum Ende des Spiels. Wer die meisten Paare gefunden hat, hat gewonnen. Eine weitere Möglichkeit für die Karten können gleiche Bewegungen oder Geräusche sein.

## Spring-Schnick-Schnack-Schnuck

Teilt euch in zwei Teams auf. Auf den Boden malt ihr mit Kreide Kreise, in die man springen kann. Diese Kreise sind aneinandergereiht wie bei einer Kette. An jedem Ende der Kette steht ein Team. Auf ein Signal hüpft das erste Kind jeder Gruppe los. Die beiden hüpfen aufeinander zu und begegnen sich in den Kreisen. Nun spielen sie eine Runde Schere, Stein, Papier. Wer gewinnt, darf weiterspringen und wer verliert, stellt sich hinten bei seiner Gruppe an. Es ist wichtig, dass in diesem Moment sofort das nächstes Kind aus der Gruppe des „Verlierers“ loshüpft, damit sie den „Sieger“ möglichst weiter aufhalten können. Ziel des Spiels ist es nämlich, dass das gesamte Team einmal die Seite gewechselt hat.

1. Denkt euch ein eigenes Spiel aus. Beschreibt es.

- verschiedene Textsorten kennen aus dem Bereich pragmatischer Texte: Spielanleitungen
- eigene Ideen entwickeln

## Bühne frei

*Zum 60. Geburtstag des Direktors gab es in der Schule eine Zaubershow. Frau Kunterbunt und alle Kinder der Klasse 3a waren total beeindruckt. Nach dem Auftritt erzählen alle Kinder durcheinander, was ihnen besonders gut gefallen hat.*
*Da hat Frau Kunterbunt plötzlich eine Idee.*

„Wir machen das auch!“, sagte Frau Kunterbunt. 25 Paar Kinderaugen starrten Madame Kunterbunt an. „Einen Auftritt vor Publikum?“, fragte Lew vorsichtig nach. „Wir führen ein Theaterstück auf“, antwortete Frau Kunterbunt. „Aber wir zeigen kein Märchen irgendwelcher grimmigen Brüder, sondern eine selbst geschriebene Geschichte“, sagte Frau Kunterbunt.
„Können Außerirdische mitspielen?“, fragte Max. „Ich habe zu Hause jede Menge grüne Farbe zum Schminken.“ Tom riss die Augen auf und nickte. „Und ich weiß, wie Außerirdische reden“, prahlte er. „Wir werden ein Theaterstück schreiben, bei dem jeder von euch gerne auf der Bühne steht“, erinnerte Frau Kunterbunt ihre Schüler. „Außerdem gibt es noch viele andere Arbeiten zu erledigen: Kulissen bauen, Plakate malen, Texte schreiben, Lieder einstudieren, Beleuchtung aufbauen und Kostüme nähen.“ Esma nahm ein Stück Kreide und schrieb an die Tafel: *Theaterstück Klasse 3a. Thema?* Dreiundzwanzig Finger sausten in die Höhe. Die Ideen sprudelten los. Zu jedem Vorschlag schrieb Esma ein paar Wörter auf, damit sich nachher bei der Abstimmung alle erinnerten.

Nach einer halben Stunde stand dort: Banküberfall, irgendwas mit Außerirdischen, Einhornschule, Feeninternat, Motorradrennen, verschollen im Dschungel, lebendig begraben, Zombie-Apukalüpste, Weltreise und Streit mit Mama. Dann kam das Schwierigste: Sie mussten sich auf ein Thema einigen.

(verändert, gekürzt) *THiLO*

1. Warum gibt es in der Schule eine Zaubershow? Erkläre.
2. Welche drei Ideen sind die beliebtesten in der Klasse? Finde die Antwort an der Tafel.
3. Welche Idee findest du am besten? Begründe.
4. Welche Gesprächsregeln sind wichtig, um sich auf ein Thema einigen zu können?

- Leseverstehen: explizite (oder durch einfaches Schließen zu gewinnende) Textinformationen auf lokaler Ebene ermitteln
- unterschiedliche Informationsangebote und Recherchemöglichkeiten nutzen

## Der war's

*Maries Pausenbrot ist zum zweiten Mal in dieser Woche verschwunden. Alle hatten den neuen Schüler Konrad im Verdacht. Er war es aber nicht. Die Klasse will den Fall nun gemeinsam lösen.*

„Konrad war's nicht!" Der Täter muss gefasst werden. Wir bauen eine Falle. Sebastian verspricht, ein Alarmsystem zu bauen. Marie legt ein Brot in den Schrank und lässt die Türen leicht offen. Mika installiert das Alarmsystem. Es ist mit Torbens Handy verbunden. Das beginnt zu piepsen, sobald die Schranktüren geöffnet werden. Benisha und Konrad legen das Volleyballnetz so von oben auf die Schranktüren, dass es ganz leicht herunterfallen kann. Jetzt nichts wie raus hier. Sie rennen auf den Pausenhof. Dann geht der Alarm los. Alle strömen ins Schulgebäude. Ein dunkles Wesen hat sich im Netz verfangen. Es tobt und zappelt. „Ein Kobold", flüstert Marie. „Ein Zombie", ruft Torben. „Das ist Hartmut", schreit Konrad und stürzt sich auf den Schulhund, um zu helfen. „Herr Hund, sie sind verhaftet", erklärt Torben und alle lachen.

(verändert, gekürzt)

*Elisa Hoven, Juli Zeh*

„Konrad war's nicht!" Der Täter muss gefasst werden. Wir bauen eine Falle. Mika ruft Sebastian an, der verspricht, ihnen ein Alarmsystem zu bauen. Maries Eltern haben ein altes Volleyballnetz. Marie legt ein Brot in den Schrank und lässt die Türen leicht offen. Mika steigt auf den Stuhl und installiert das Alarmsystem. Es ist mit Torbens Handy verbunden, das zu piepsen beginnt, sobald die Schranktüren weiter geöffnet werden. Benisha und Konrad legen das Volleyballnetz so von oben auf die Schranktüren, dass es ganz leicht herunterfallen kann.
Jetzt nichts wie raus hier. Sie rennen mit Vollgas auf den Pausenhof. Genau in diesem Augenblick geht der Alarm los. Alle strömen ins Schulgebäude.
Ein dunkles Wesen hat sich im Netz verfangen. Es tobt und zappelt durch den Raum.
„Ein Kobold", flüstert Marie.
„Ein Zombie", ruft Torben.
„Das ist Hartmut", schreit Konrad und stürzt sich auf den Schulhund, um zu helfen.
„Herr Hund, sie sind verhaftet", erklärt Torben und alle lachen.

(verändert, gekürzt) *Elisa Hoven, Juli Zeh*

„Konrad war's nicht!" Der Täter muss gefasst werden. „Er hat immer nur zugeschlagen, wenn niemand von uns in der Nähe war." Dann bleibt nur eins: eine Falle bauen. Sofort sind alle mit Feuereifer bei der Sache. Mika ruft Sebastian an, der verspricht ihnen ein kleines Alarmsystem zu bauen. Marie nimmt ein extra leckeres Kresse-Leinsamen-Dinkelbrot aus dem Rucksack, legt es in den Schrank und lässt die Türen leicht offen. Mika steigt auf den Stuhl und installiert Sebastians Alarmsystem. Es ist mit Torbens Handy verbunden, das zu piepsen beginnt, sobald die Schranktüren weiter geöffnet werden.

Benisha und Konrad legen das Volleyballnetz so von oben auf die Schranktüren, dass es ganz leicht herunterfallen kann. Jetzt nichts wie raus hier.

Sie rennen mit Vollgas auf dem Pausenhof. Alle warten, aber nichts passiert.

„Ich glaube der Dieb kommt heute nicht“, sagt Mika enttäuscht.

Genau in diesem Augenblick geht der Alarm los.

Alle strömen ins Schulgebäude.

Es bietet sich ihnen ein seltsames Bild.

Ein dunkles Wesen hat sich im Netz verfangen.

Es tobt und zappelt durch den Raum.

„Ein Kobold“, flüstert Marie.

„Ein Zombie“, ruft Torben.

„Das ist Hartmut“, schreit Konrad und stürzt sich auf den Schulhund, um zu helfen.

„Herr Hund, sie sind verhaftet“, erklärt Torben und alle lachen.

(verändert, gekürzt)

*Elisa Hoven, Juli Zeh*

1. Wen halten alle für den Dieb?
Finde die Antwort.

2. Wer war der Dieb tatsächlich? Finde die Stelle im Text.

3. Wie überlisten sie den Dieb? Erzähle.

4. Wie fühlt sich Konrad, als er verdächtigt wurde?
Vermute.

5. Wie bereitet man einem neuen Kind in der Klasse einen guten Start? Sammelt Ideen.



- Textinformationen auf lokaler Ebene ermitteln
- die Perspektive einer literarischen Figur einnehmen
- Kinderliteratur kennen

- LAH Fördern Inklusion A, S. 16-18, 20

## Meine Schule

Stelle deine eigene Schule und deinen Schulalltag vor.
Wähle aus den Aufgaben aus:

A) Male und beschreibe deinen Schulweg.

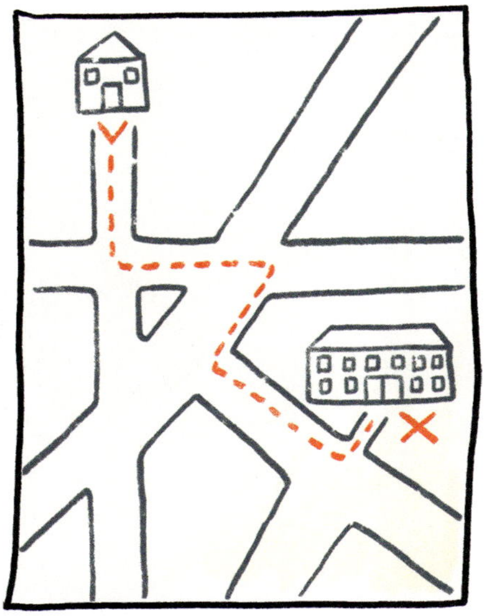

B) Welche Arbeitsgemeinschaft hättest du gern an deiner Schule? Erstelle ein Plakat.

C) Führt ein Interview mit Kindern. Befragt sie zu ihrer Arbeitsgemeinschaft oder ihren Hobbys.

D) Macht als Klasse ein Theaterstück über einen typischen Tag in eurer Klasse.

S. 182

• verschiedene Textsorten kennen: Karte, Plakat, Theaterstück
• kurze, auch freie Beiträge adressorientiert leisten

## Findest du mich?

1. Ich kann gut rennen und springen, habe lange Ohren und hellbraunes Fell. Mein weißes Schwänzchen nennt man „Blume“. Am liebsten esse ich Gräser und Kräuter.

2. Ich habe rötlich braunes Fell und einen buschigen Schwanz. Er hilft mir, das Gleichgewicht zu halten, wenn ich flink von Baum zu Baum springe. Am liebsten esse ich Nüsse und Samen.

3 Ich habe braunes Fell,
einen schlanken Körperbau,
lange Beine und kleine Hufe.
Mein Gesicht ist schmal
mit dunklen Augen.
Mit meiner schwarzen Nase
kann ich gut riechen.
Mit meinen spitzen Ohren
kann ich sehr gut hören.

4 Ich habe einen kurzen Schnabel,
der mit Federn bedeckt ist.
Meine Augen sind nach vorn
gerichtet und auch im Dunkeln
kann ich gut sehen.
Ich bin nachtaktiv und
meinen großen Kopf kann ich
sehr weit drehen.

# Dreimal Leben im Wald

## Das Reh ist nicht die Frau vom Hirsch

Hirsche sind größer und kräftiger als Rehe. Weibliche Hirsche sind Hirschkühe. Männliche Hirsche tragen ein großes Geweih. Es wird am Ende des Winters abgeworfen. Im Frühling wächst ein neues Geweih. Je älter der Hirsch ist, desto mehr Verzweigungen hat es.

Das männliche Reh – der Rehbock – ist kleiner als ein Hirsch, trägt aber auch ein Geweih. Das weibliche Reh – die Ricke – bekommt im Mai oder Juni ein bis zwei Rehkitze.

## Kleine Waldmalschule

Männliche Hirsche sehen mit ihrem Geweih sehr beeindruckend aus! Einen Hirsch kannst du ganz einfach zeichnen – versuch es mal! Zeichne zuerst die Grundformen des Hirsches mit einem Bleistift vor. Das geht am leichtesten, wenn du den Rücken, den Kopf und den Hals oval zeichnest. Das Hinterteil ist rund. Dann zeichnest du die Beine ein. Sie bestehen jeweils aus drei Ovalen. Als nächstes zeichnest du das Geweih am Kopf des Hirsches ein. Es besteht aus vielen Verästelungen. Zeichne nun die Augen, Nase, Hufe und Ohren ein.

Male den Hirsch anschließend in braunen Tönen aus. Und fertig ist der Hirsch!

(verändert, gekürzt)

*Ruth Gellersen*

## Gehen auch Tiere zur Schule?

Wenn man im Wald lebt, muss man viel wissen. Da reicht es nicht, dass die Tierkinder pfiffig sind. Sie müssen auch in die Schule gehen, um etwas zu lernen. Aber hast du im Wald schon mal ein Klassenzimmer gesehen?

Eine richtige Schule gibt es im Wald nicht. Bänke und Tische für Tierkinder – das wäre ja auch sehr seltsam. Aber viel lernen müssen die Tiere trotzdem, damit sie wissen, wo es gefährlich ist oder wo besonders schön. Ihre Eltern bringen ihnen alles bei.

Bei den Hirschen laufen die Kinder immer mit ihrer Mutter mit. Sie zeigt ihnen, wo bequeme Wege sind. Hirsche gehen nämlich genau wie wir nicht gerne quer durchs Gestrüpp. Sie treten schmale Pfade aus, auf denen sie gerade so durchs Gebüsch durchpassen. Diese Wege sind manchmal schon über hundert Jahre alt.

Man nennt sie auch Wildwechsel. Sie führen zu kleinen Wiesen, auf denen saftiges Gras steht. Oder an ihrem Ende ist ein kleines, dichtes Wäldchen, wo man sich bei Regen unterstellen kann.

Nass werden Hirsche nämlich auch nicht gern.

All das lernen Hirschkinder, wenn sie aufpassen, was ihnen die Mütter zeigen.

(verändert, gekürzt)

*Peter Wohlleben*

1. Wie sieht ein Hirsch aus? Beschreibe.
2. Was erfährst du in deinem Text über Hirsche? Erzähle.
3. Wie kann dein Text dir dabei helfen, einen Hirsch oder dessen Spuren zu entdecken? Erkläre.

• LAH Fördern Inklusion A, S. 24, 25

• Textinformationen auf lokaler Ebene ermitteln

## Stell dir vor, du bist ein Tier im Wald

Lies einem Partnerkind den Text vor. Das andere Kind hört gut zu. Lies auch die Regeln vor:

Dein Partnerkind darf an vielen Stellen selbst entscheiden.
Das erkennst du an der Wolke:
HIER WARTEST DU EINEN MOMENT.
Lies erst weiter, wenn du bemerkst, dass dein Partnerkind sich für etwas entschieden hat.

Jetzt geht es los:

Du darfst deine Augen schließen oder sie offen lassen.

Stell dir vor, du bist ein scheues Tier im Wald.
Deine Hände sind die Füße von deinem Tier.

Sie zeigen, wie das Tier läuft. Sie streichen sanft über deinen Tisch oder deine Beine.

So hören sich die Schritte von dem Tier an.

Dein Tier schleicht immer langsamer, bis es irgendwann stehen bleibt.

Da raschelt etwas im Gebüsch.
Du bleibst wie eingefroren stehen.

Du überlegst:
Entweder du machst deinen Rücken ganz rund und rollst dich ein. Oder du macht deinen Rücken ganz gerade und machst dich groß. Mach das, was sich gerade besser anfühlt.

Raschel, raschel. Raschel, raschel.

Deine Hände fangen wieder an, sich zu bewegen. Ganz leise und langsam gehst du zu dem Rascheln hin.

Entscheide selbst, ob du langsam weitergehst oder ganz schnell wegrennst.
Deine Hände zeigen, wie schnell du bist.

Halt! Bleib stehen! Gerade eben hast du gesehen, was im Gebüsch so geraschelt hat. Du hast keine Angst. Du lachst sogar.

Wenn du willst, darfst du mir beschreiben, was im Gebüsch geraschelt hat. Möchtest du?

Wenn du die Augen zuhattest, darfst du sie jetzt aufmachen.

Wenn du willst, darfst du mir beschreiben, welches Tier du warst. Möchtest du?

Jetzt tauschen wir.
Du liest vor und ich bin das Tier.

S. 173

- zuhören: geben Informationen wieder und ziehen einfache Schlussfolgerungen
- verstehend zuhören: verstehen und gezielt nachfragen

## Gefunden

Ich ging im Walde
so für mich hin,
und nichts zu suchen,
das war mein Sinn.

Im Schatten sah ich
ein Blümchen stehn,
wie Sterne leuchtend,
wie Äuglein schön.

Ich wollt es brechen,
da sagt es fein:
Soll ich zum Welken
gebrochen sein?

Ich grub's mit allen
den Würzlein aus.
Zum Garten trug ich's
am hübschen Haus.

Und pflanzt es wieder
am stillen Ort;
nun zweigt es immer
und blüht so fort.

*Johann Wolfgang von Goethe*
*(1749–1832)*

1. Was wurde in diesem Gedicht gefunden? Benenne.
2. Welche Stelle des Gedichts gefällt dir am besten? Begründe.
3. Spielt das Gedicht mit Bewegungen nach.
Einer liest, ein anderer bewegt sich: vom Finden bis zum Wiedereinpflanzen.

→ S. 175

• Texte sinngestaltend vorlesen
• Formen des szenischen Sprechens und Spielens planen und gestalten

## Herr Goethe, warum klauen Sie Blumen?

Kim: Herr Goethe, ich habe gerade Ihr Gedicht gelesen.

Goethe: Oh, welch große Freude. Wie gefiel es dir?

Kim: Gut. Haben Sie wirklich eine Blume aus dem Wald geklaut?

Goethe: Ganz recht. Ich grubs mit all seinen Würzlein aus. Zum Garten trug ich's am hübschen Haus.

Kim: Aber Pflanzen aus dem Wald sollen doch im Wald bleiben.

Goethe: Welch bedauerliches Gesetz. Das Antlitz des Blümleins entzückte mich so sehr. Ich wollte es bei mir haben.

Kim: Vielleicht gibt es die Blume noch und wir können sie zurückbringen.

Goethe: Du wirst erstaunt sein. Das Blümlein ist nicht mehr allein. Seine Würzlein verzweigten sich und ließen viele weitere Blümlein entstehen.

Kim: Toll, dann können wir ja viele Blumen zurück in den Wald bringen.

Goethe: Gewiss. Lass uns die Blümlein mit Würzlein ausgraben und zurück in den Wald tragen.

*Kim und Goethe graben in Goethes Garten Blumen aus und bringen sie zurück in den Wald.*

Kim: Der Wald freut sich bestimmt, dass er die Blumen wieder hat.

Goethe: Welch anmutige Blümelei. Nun kann ich mich bei einem Spaziergang an den Blumen des Waldes erfreuen.

1. Welche Frage hat Kim an Goethe? Finde die Stelle im Text.
2. Welche Lösung finden Goethe und Kim? Beschreibe.
3. Goethe spricht anders als Kim. Wie unterscheidet sich ihre Sprache?

• ausgewählte Wirkungen der Redeweise berücksichtigen

## Ein Bäumchen für dein Zimmer

Dazu brauchst du Töpfe mit Blumenerde und Samen.
Die stecken in vielen Früchten. Damit du weißt, welche Bäume bei dir wachsen können, müssen wir zuerst überlegen, wie das Klima in deinem Zimmer ist. Klima heißt: Wie warm ist es darin am Tag und in der Nacht? Gibt es Unterschiede in den Jahreszeiten? Wie feucht ist es?
Du brauchst also Arten, die aus einer Gegend stammen, wo das Klima so ähnlich wie in der Wohnung ist. Orangen, Zitronen und Mandarinen zum Beispiel. Sie gehören zu den Zitrusfrüchten. In manchen dieser Früchte verstecken sich Samen. Wenn du welche entdeckst, nimm die größten heraus und entferne zuerst das Fruchtfleisch. Danach spülst du die Samen unter fließendem Wasser ab.
Stecke ein oder zwei Samen pro Topf mit dem spitzen Ende nach unten in die Erde. Stell den Topf dann auf die Fensterbank.
Jetzt heißt es warten – und zwar zwei bis sechs Wochen.
In dieser Zeit muss die Erde immer feucht sein. Wenn ihr einen Blumensprüher habt, sprüh sie damit ein.
Oder du spannst ein Stück Klarsichtfolie mit einem Gummiring über den Blumentopf.
Pass aber auf, dass die Erde darunter nicht zu nass ist und schimmelt.

(verändert, gekürzt)

*Peter Wohlleben*

1. Von welchen Früchten kannst du Samen einpflanzen? Beschreibe.
2. Schneide Blätter aus buntem Karton aus. Beklebe damit den Blumentopf. So sieht dein Bäumchen schön aus, bevor es wächst.
3. Welche Samen würden sich noch eignen? Recherchiere.



- verschiedene Textsorten kennen aus dem Bereich pragmatischer Texte: Anleitungen
- unterschiedliche Informationsangebote und Recherchemöglichkeiten nutzen

## Ein eigenes Wäldchen

Carla geht gerne in den Wald. Sie mag, wie es dort riecht. Nach Holz, Erde und frischer Luft. Sie mag es, wenn die Sonne durch die Bäume strahlt und der Wind die Blätter rascheln lässt. Wenn ihre Brüder laut sind und streiten, das mag sie nicht. Dann wünscht sich Carla: „Papa, ich will ganz allein im Wald sein!“ „Es ist mir lieber, wenn wir gemeinsam in den Wald gehen“, sagt Papa. Carla seufzt. „Nie bin ich allein. Ich habe noch nicht mal ein eigenes Zimmer!“ „Du weißt doch, dass das im Moment schwierig ist …“ Wenn Mama so redet, hält Carla dagegen: „Dann nehme ich mir ein Stück Wald mit nach Hause, stelle ihn in unser Kinderzimmer und das ist dann meins!“ Mama lacht. „Ich habe eine Idee“, sagt Papa. Er bückt sich und gibt Carla ein Stück Moos. „Was ist das?“ „Schau genau hin. Das ist dein eigener Wald.“ Carla legt das Moos in einen leeren Becher. Zu Hause gießt sie es. Jetzt duftet es nach Wald. Das Moos sieht aus wie viele kleine Bäume. Der kleine Wald gluckst vor Freude über das frische Wasser. „Mein eigener, kleiner Wald“, sagt Carla glücklich. Am Abend stellt sie den kleinen Wald neben ihr Bett. Sie hört ihn immer noch leise glucksen. Dass ihre Brüder gerade laut sind, hört sie nicht. Carla ist mit den Gedanken in ihrem kleinen Wäldchen.

*Vera Scheithauer*

1. Was mag Carla am Wald so gern? Beschreibe.
2. Wie schafft es Carla, den Wald nach Hause zu holen? Erkläre.
3. Hast du auch einen Ort, den du gern für dich allein hättest? Erzähle.

- zentrale Aussagen eines Textes erfassen und sie wiedergeben
- eigene Gedanken formulieren und zu Texten Stellung nehmen

## Der fliegende Schatten

„Langweilig“, sagte Juna zu Beginn der Ferien. Da schoss ein Schatten durch das Fenster. Der fliegende Schatten war eine Libelle. Juna folgte ihr. Die Libelle flatterte direkt auf den Wald zu. Sie flog immer höher. Juna kletterte auf einen Baum. Ein Eichhörnchen klemmte fest! Juna rettete es. Das war der Grund, weshalb die Libelle sie hierhergeführt hatte.

(verändert, gekürzt)

*Alexandra Fabisch*

## Der fliegende Schatten

„Noch viele Tage Langeweile“, seufzte Juna am Ende der ersten Ferienwoche. In diesem Moment schoss ein glitzernder Schatten durch das Fenster. Der fliegende Schatten war eine Libelle mit hauchzarten Flügeln und einem Körper wie ein Gespenst. Juna folgte ihr. Die Libelle flatterte direkt auf den Wald zu. Sie flog immer höher, bis man sie kaum noch sehen konnte. Im Wipfel einer Erle glänzten zwei goldene Augen. Juna kletterte den glatten Stamm hoch, bis sie das goldäugige Tier erreicht hatte. Seine Vorderpfote klemmte fest. Juna befreite das Tier und brachte es in Sicherheit. Weich wie eine Feder landete sie auf dem Waldboden. Das Eichhörnchen gluckste erleichtert. Das war also der Grund, weshalb die Libelle sie hierhergeführt hatte.

(verändert, gekürzt)

*Alexandra Fabisch*

## Der fliegende Schatten

„Noch dreiunddreißig Tage Langeweile“, seufzte Juna am Ende der ersten Ferienwoche. In diesem Moment schoss ein glitzernder Schatten auf sie zu, streifte ihre Wange und huschte durch das geöffnete Fenster wieder hinaus. So etwas Zauberhaftes war ihr noch nie begegnet. Der fliegende Schatten war eine Libelle mit hauchzarten Flügeln und einem Körper wie ein Gespenst. Die Gespensterlibelle umkreiste Juna einmal und landete auf dem Weg, der vom Haus wegführte. Juna folgte ihr. Die Libelle flatterte direkt auf den Wald zu. „Was hast du vor?“, rief Juna. Die Libelle flog immer höher, bis man sie kaum noch sehen konnte. Stattdessen glänzten im Wipfel einer Erle zwei goldene Augen. Ohne zu zögern, kletterte Juna den glatten Stamm hoch, bis sie das goldäugige Geschöpf erreicht hatte. Ein Eichhörnchen mit karamellfarbenem Fell und Wuschelschwanz. Seine Vorderpfote klemmte in einer Astgabel fest und schien verletzt. „Alles wird gut“, beruhigte Juna es. Vorsichtig löste sie das Pfötchen aus dem Spalt und setzte das Tier in ihre Hand. Es schmiegte sich dankbar an. „Ich bringe dich in Sicherheit“, versprach Juna und hangelte sich behutsam den Baum hinunter. Weich wie eine Feder landete sie auf dem Waldboden. Das Hörnchen gluckste erleichtert und wedelte mit seinem buschigen Schwanz. Das war also der Grund, weshalb die Libelle sie hierhergeführt hatte!

(verändert, gekürzt) *Alexandra Fabisch*

S. 172

1. Was ist der „fliegende Schatten“? Finde die Stelle im Text.

2. Warum langweilt sich Juna zu Beginn des Textes?

3. Welches Abenteuer hat Juna am Ende erlebt? Vermute.

STOPP

## Kleine Abenteuer in der Natur – mit Kari und Bu

Probiere das aus:

### Eine Nacht im Freien

Übernachte auf dem Balkon oder im Garten.

Das brauchst du:

- eine weiche Unterlage oder eine Isomatte
- einen warmen Schlafsack und Decken
- eine Taschenlampe
- ein spannendes Buch oder ein Kuscheltier
- einen Block und einen Stift, damit du spannende Beobachtungen notieren kannst

Sucht euch gemeinsam mit einem Erwachsenen einen geeigneten Schlafplatz. Richtet euch ein gemütliches Lager ein. In der Nacht kann es sehr dunkel und kalt werden. Genügend warme Decken, warme Kleidung und eine Taschenlampe sollten griffbereit liegen. Malt oder schreibt auf, was ihr erlebt habt.

### Minisafari

Welche Tiere entdeckst du auf dem Schulhof, im Garten oder im Park?

Das brauchst du:

- einen Block und Stifte oder
- ein Gerät mit Kamera, z. B. ein Tablet
- ein leeres Glas oder eine Becherlupe

Halte Ausschau nach kleinen Tieren, die du draußen entdeckst. Die meisten Tiere sind scheu und lassen sich nicht einfangen, wie zum Beispiel Vögel. Du kannst sie aber fotografieren, abzeichnen oder beschreiben. Käfer, Spinnen und Würmer kannst du für kurze Zeit vorsichtig in ein Gefäß krabbeln lassen.
Lass das Tier wieder frei, nachdem du es genau betrachtet hast.

## Das Abenteuer-Tagebuch von Kari und Bu

**Diese Plätze im Freien haben wir schon besucht:**

- Karis Balkon
- den Garten von Bu
- den Campingplatz von Karis Tante
- den Spielplatz unten an der Ecke
- die große Eiche im Park

**Diese Tiere haben wir schon aus der Nähe betrachtet:**

- Tante Klaras Katze
- Opas Hund
- einen Marienkäfer
- einen Grashüpfer
- eine Kellerassel
- eine Weinbergschnecke

Falte ein Blatt in der Mitte.
Schreibe deine Abenteuer auf die Innenseite.
Jetzt hast du auch ein Abenteuer-Tagebuch

- von Erfahrungen berichten
- eigene Ideen entwickeln
- einfache Texte schreiben

Wer die
Menschen liebt,
hat immer
eine große
Familie.

chinesisches Sprichwort

# Unsere Familie

• LAH Fördern Inklusion A, S. 36, 37

• zu anderen sprechen: erzählen
• mit anderen sprechen: sich an Gesprächssituationen beteiligen

# Dreimal Familie

## Tara: Mein Familienbild

Das bin ich. Und das dort ist meine Schwester Josefin. Wir leben zusammen mit Papa in unserer Räuberhöhle. So nennt Papa immer unser Haus.

Mein Kater Fips ist leider schon tot. Er wohnt jetzt bei Mama im Himmel.

Nach der Schule gehen Josefin und ich immer zu Oma und Opa. Sie wohnen direkt im Haus nebenan. Da toben wir, bis Papa von der Arbeit kommt.

## Hassan: Meine Familie

Hassan wohnt mit Mama und Papa in einem kleinen deutschen Ort. Und natürlich wohnen auch seine drei Schwestern da: Rahaf, Amal und Haia. Früher haben sie in einer anderen Stadt gewohnt. Die Stadt heißt Homs und liegt in einem anderen Land. Das Land heißt Syrien. Dort wohnten sie in einem großen Haus mit vier Stockwerken. Ganz unten haben Oma und Opa gewohnt. Im ersten Stock haben Onkel Ahmed und Tante Jinin mit ihren fünf Kindern gewohnt.

Im zweiten Stock haben Onkel Ziad und Tante Marwa gewohnt, die hatten drei Kinder. Da hatte Hassan acht Cousins und Cousinen, das war gut zum Spielen. Hassan hat mit seinen Eltern und Schwestern ganz oben im Haus gewohnt, im dritten Stock.

(verändert, gekürzt)

*Kirsten Boie*

## Lennis: Mein Familiennetz

1. Lies einen Text. Wer gehört zu der Familie? Erkläre.

2. Macht ein Quiz. Bildet Gruppen aus drei Kindern. Jedes Kind ist Expertin oder Experte für einen Text. Stellt Fragen zu den Texten. Welche Gruppe kann die meisten richtig beantworten?

3. Wer gehört zu deiner Familie? Beschreibe oder zeichne einen Stammbaum, ein Familienbild oder ein Familiennetz.

- LAH Fördern Inklusion A, S. 38, 39

- zuhören: Informationen wiedergeben und einfache Schlussfolgerungen ziehen
- Leseverstehen: Textinformationen verknüpfen
- Texte selbst gestalten

## Darf man das?

Mein großer Bruder hat oft Freunde zu Besuch.
Sie spielen dann ganz tolle Sachen zusammen.
Ich darf aber nie mitspielen.
Das finde ich gemein.

Wenn ich etwas Blödes gemacht habe,
bekomme ich oft Tablet-Verbot.
Das ist fies.

Oma knutscht mich
immer ab,
wenn sie mich sieht.
Das mag ich
überhaupt nicht.

Wenn ich etwas Doofes gemacht habe, schreit mich Mama oft an und beschimpft mich. Manchmal haut sie mich auch. Dann schäme ich mich und ich verstecke mich im Schrank.

1. Welche Dinge sind in einer Familie erlaubt? Welche verboten? Erzählt und beachtet die Gesprächsregeln.

2. Max ist traurig und möchte mit seinem Bruder reden. Was könnte er sagen? Formuliere Ich-Botschaften.

→ S. 182

3. Wo können Kinder mit Fragen oder Sorgen Hilfe bekommen? Recherchiere und erstelle ein SOS-Plakat.



- sich mit anderen zu Textdeutungen und -wertungen austauschen
- eigene Gedanken formulieren und zu Texten Stellung nehmen

Vorlesetext: Höre genau zu und beachte die Tipps zum Zuhören.
Was wollen Marek und Lenja ihrem Vater zum Geburtstag schenken?

## Das Geschenk

„Hast du schon ’ne Idee, was wir Papa zum Geburtstag schenken?“ Fragend schaut Marek seine Schwester Lenja an. Diese hat es sich gerade mit einem Buch auf ihrem Bett gemütlich gemacht, hebt nun aber den Kopf und runzelt die Stirn: „Wie wär’s mit ’ner Tasse oder so?!“ „Das macht doch jeder! Es soll was richtig Tolles sein. Etwas, was Papa super findet – so wie, wie … wie Tante Agnes' Kuchen“, entgegnet Marek. „Oh ja, den Schokokuchen mit geheimer Zutat fand er mega-lecker!“, erinnert sich Lenja an die Erzählungen ihres Vaters. „Aber Tante Agnes ist schon tot. Die kann ihn bestimmt nicht mehr backen.“ „Stehen ihre alten Sachen nicht noch bei uns irgendwo im Keller rum? Oder war’s auf dem Dachboden?“, überlegt Marek weiter. „Vielleicht finden wir ja das Rezept. Der Kuchen wäre doch ein prima Geschenk!“ Begeistert stimmt Lenja zu.

1. Lenja und Marek laufen eilig die Stufen zum Keller hinab. An einer Wand ist ein Regal. Daneben stehen einige Kisten. Wo sollen sie suchen?

   ○ Kisten *(lies bei 7)*
   ○ Regal *(lies bei 4)*

2. „Oh nein!“, stöhnt Lenja und rüttelt enttäuscht am Deckel der Truhe. „Abgeschlossen.“ „Und nun? Schlüssel suchen oder Truhe vergessen?“, fragt Marek.

   ○ Schlüssel *(lies bei 6)*
   ○ Umzugskartons *(lies bei 5)*
   ○ Keller *(lies bei 1)*

3. Laut polternd erklimmen Lenja und Marek die Treppe zum Dachboden. Kühle Luft schlägt ihnen entgegen. In einer Ecke entdecken sie eine alte Truhe und unter einem weißen Bettlaken schauen einige Umzugskisten hervor. Wo sollen sie als Erstes gucken?

- Truhe *(lies bei 2)*
- Umzugskartons *(lies bei 5)*

4. „Ist das da etwa eine Spinne?"
Marek sieht zum Regal und verzieht den Mund. Ohne zu zögern, pustet Lenja die Spinne weg. Dabei segeln auch ein paar Zettel zu Boden. Marek hebt einen auf und will ihn Lenja geben. Doch dann ruft er ganz aufgeregt: „Lenja, ich hab es. Das Rezept. Hier ist es."
Baff starren die beiden auf den Zettel. Sie haben es gefunden! Nun kann Papas Geburtstag kommen.

5. Vorsichtig ziehen Marek und Lenja das Bettlaken von den Kartons. Der Staub kitzelt ihnen in den Nasen und sie müssen niesen. „Du suchst in diesen drei Kartons und ich nehme mir die anderen vor", entscheidet Lenja. Eine Weile stöbern sie stumm nebeneinanderher. „Ich finde nichts." Enttäuscht schüttelt Marek den Kopf. „Ich hab' nur 'nen Stick gefunden. Ob's da drauf ist?", überlegt Lenja laut. Marek betrachtet den silbernen Stick: „Sollen wir mal nachgucken?"

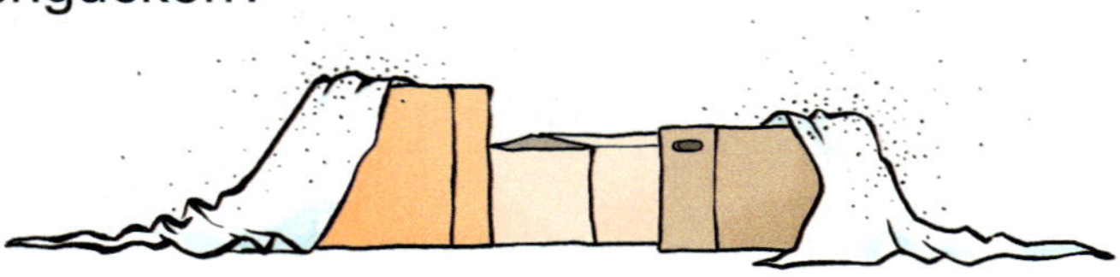

- Stick *(lies bei 8)*
- Truhe *(lies bei 2)*
- Keller *(lies bei 1)*

• LAH Fördern Inklusion A, S. 42, 43

6. Eifrig suchen sie den gesamten Dachboden ab. Dann ertastet Marek plötzlich etwas Hartes unter der Truhe. Der Schlüssel! Laut knarrend öffnen sie den Deckel der Truhe und blicken direkt in ein Paar schwarze Knopfaugen. „Das ist ja Papas alter Teddy!“, ruft Lenja. Marek schaut auf das kaputte Plüschtier. Aus einem Arm quillt Watte und seine Hose ist gerissen. „Wie wäre es, wenn wir ihn reparieren? Das wäre doch auch ein tolles Geschenk für Papa?“ Sofort machen sich beide ans Werk. Papas Geburtstag kann kommen.

7. Neugierig öffnen sie die Kisten und finden … nichts! Sie sind leer. Etwas traurig sagt Lenja: „Suchen wir noch im Regal oder gehen wir lieber direkt auf den Dachboden?“

- ◯ Regal *(lies bei 4)*
- ◯ Dachboden *(lies bei 3)*

8. Elendig langsam fährt der Laptop hoch. Als die Startmelodie ertönt, schiebt Lenja vorsichtig den Stick in den USB-Anschluss und öffnet die Datei. „Wow, das sind ja jede Menge Kinderfotos von Papa!“, ruft Marek überrascht. „Wer die wohl alle eingescannt hat?“ Neugierig klicken sich die beiden Kinder durch die bunte Fotosammlung. „Vergiss den Kuchen, lass uns davon eine Art Diashow auf Papas Geburtstagsparty machen!“, ruft Lenja am Ende aufgeregt und Marek stimmt ihr begeistert zu. Papas Geburtstag kann kommen.

*Corinna Roggenkamp*

S. 173 →

(1) Was schenken die Geschwister ihrem Vater?

(2) Wo haben Lenja und Marek bei dir gesucht? Male Bilder und erzähle. Nutze das Erzähltheater.

(3) Schaue dir eine Nacherzählung mit dem roten Faden im QR-Code an. Dort haben sich drei Fehler reingemogelt. Findest du alle?

## Sturmfrei

„Mama und Papa sind in einer Stunde hier“, rief ich panisch. „Wir müssen uns beeilen, sonst fliegt alles auf!“ Mein Bruder Tom schoss hoch und fuhr sich nervös durch die Haare. „Wenn die rauskriegen, was hier abgegangen ist, sind wir geliefert!“ Er sah sich wild in seinem Zimmer um. „Wo fangen wir mit Aufräumen an?“, stieß er hervor. „Egal“, sagte ich. „Irgendwo!“ „Halt, nein“, rief meine Schwester Mira. „Wir brauchen ein System! Erst kümmern wir uns um die Zimmer, in denen Mama und Papa sich aufhalten werden.“ Sie zeigte auf Tom. „Du übernimmst das Bad“, und mir befahl sie: „Küche!“ „Und ich kümmere mich um Valentinas vollgekritzelten Panzer.“ Entschlossen sauste sie los in Richtung Schildkrötengehege. So hechteten wir durchs Haus, bis ich plötzlich ein Auto vorfahren hörte. „Mist!“, brüllte Mira. Sie war wohl noch nicht fertig geworden. Hoffentlich hatten wir wenigstens die wichtigsten Zimmer gesichert! Tom, Mira und ich stürzten gleichzeitig in den Flur. Mira strich sich nervös die Haare glatt, und Tom wischte sich den Schweiß von der Stirn. Als die Haustür aufging, standen wir drei wie Spargelstangen nebeneinander und schmetterten unseren Eltern ein „Herzlich willkommen zurück“ entgegen.

(verändert, gekürzt)

*Juma Kliebenstein*

1. Wer räumt das Bad auf? Suche im Text.
2. Warum räumen die Geschwister zuerst die Räume auf, in denen sich ihre Eltern aufhalten? Erkläre.
3. Was könnte vorher passiert sein? Vermute.



• Leseverstehen: Textinformationen verknüpfen und ein Gesamtverständnis konstruieren

## Wie gut kennst du deine Familie?

Stelle dich dem ultimativen Familien-Joghurt-Quiz:
Jeder aus deiner Familie macht seinen eigenen, zu ihm passenden Joghurt. Mag es Mama eher süß, rührt sie ihren „Mama-Joghurt“ mit Marmelade an. Mag deine Schwester lieber etwas Herzhaftes? Dann macht sie vielleicht einen Dip und mischt den Joghurt mit Frischkäse und Gurkenstücken. Seid kreativ!

**Wichtig:** Die anderen dürfen nicht wissen, welchen Joghurt ihr gemacht habt. Jeder bekommt das gleiche Glas. Der Erste geht in die Küche, rührt seinen Joghurt und deckt ihn mit einem Küchentuch ab. Der Nächste schiebt seinen Joghurt unter das Tuch zu dem anderen und so weiter. Der Letzte mischt die Gläser unter dem Tuch. Dann wird es spannend.
Zieht das Tuch weg. Probiert die Joghurts und ratet: Welcher Joghurt gehört wem?

(verändert, gekürzt)
*Michael König*

1. Welche Zutat gibt Mama in ihren Joghurt? Finde im Text.
2. Warum bekommt jeder ein gleiches Glas? Erkläre.
3. Überlege dir dein eigenes Joghurt-Rezept.
4. Bildet Kleingruppen und macht ein ultimatives „Freunde-Joghurt-Quiz“ in eurer Klasse.

- verschiedene Textsorten kennen aus dem Bereich pragmatischer Texte: Anleitungen
- sich mit anderen zu Textdeutungen und -wertungen austauschen

## Überraschung

Es klingelt an der Tür. „Guten Ta…“ Plötzlich kann ich nur noch stottern: „O-Oma Irene. Da-a-s ist a-aber eine Ü-Überraschung!“ **SCHLUCK!** Oma Irene mustert mich streng. „Jelko, was soll das Gestotter?“ „Al-also…“ „**JELKO!**“, blafft Oma. „Ich freu mich nur so, dich zu sehen“, kriege ich noch die Kurve. Oma Irene mustert mich skeptisch. Doch dann lächelt sie und tätschelt mir die Wange. Ihre Hand fühlt sich wie die eines Skeletts an. **GRUSELIG!** Ich weiß, es ist voll gemein, dass ich so über meine Oma denke. Aber… verflixt, Oma Irene ist nun mal nicht nett. Mir wäre es anders auch lieber. Nur, was soll ich tun, wenn es eben nicht so ist?!

(verändert, gekürzt)

*Antje Szillat*

## Überraschung

Es klingelt an der Tür. **SCHWOSCH – TÜR AUF!** „Guten Ta…“ Plötzlich stottere ich nur noch: „O-Oma Irene. Da-a-as ist a-aber eine Ü-Ü-Überraschung! **SCHLUCK!** Oma Irene mustert mich streng. „Jelko, was soll denn das Gestotter? Warum sitzt du nicht über deinen Hausaufgaben?“ „Al-also…“ „**JELKO!** Schluss jetzt damit!“, blafft Oma Irene mich an. „Was ist denn nur in dich gefahren?“ Du, möchte ich winseln. Doch das traue ich mich nicht. „Ich freu mich nur so sehr, dich zu sehen“, kriege ich noch die Kurve. Oma Irene mustert mich skeptisch. Doch dann verziehen sich ihre Lippen zu so etwas Ähnlichem wie einem Lächeln und sie tätschelt mir die Wange. Ihre Hand ist so dünn wie eine Skeletthand. **GRUSELIG!** Ich weiß, es ist voll gemein, dass ich so über meine Oma denke. Aber… verflixt und zugetackert, Oma Irene ist nun mal nicht nett. Mir wäre es anders auch lieber. Nur, was soll ich tun, wenn es eben nicht so ist?!

(verändert, gekürzt)

*Antje Szillat*

## Überraschung

Es klingelt an der Tür. **SCHWOSCH – TÜR AUF!** „Guten Ta...“ Ich kann nur noch wie ein Fisch an Land japsen: „O-Oma Irene. Daaa-s-s ist a-a-aber eine Ü-Ü-Überraschung! **SCHLUCK-JAPS-NACH-LUFT!**

Oma Irene mustert mich streng. „Jelko, was soll denn das Gestotter? Hast du dir das jetzt angewöhnt? Warum öffnest du mir die Tür und sitzt nicht über deinen Hausaufgaben?“ „Al-also...“ **„JELKO!** Schluss jetzt damit!“, blafft Oma Irene. „Was ist denn nur in dich gefahren?“ Du, möchte ich winseln. Doch das traue ich mich nicht. Es könnte mir unendlich viel Ärger einbringen. **GIGANTOMANISCH VIEL ÄRGER!**

„Ich freu mich nur so sehr, dich zu sehen“, kriege ich noch gerade so die Kurve. Oma Irene mustert mich skeptisch. Doch dann verziehen sich ihre bleistiftdünnen Lippen zu so etwas Ähnlichem wie einem Lächeln und sie tätschelt mir die Wange. Ihre Hand ist so dünn, dass mich quasi eine Skeletthand tätschelt. **GRUSELIG!** Ich weiß, es ist voll gemein, dass ich so über meine Oma denke. Aber... verflixt und zugetackert, sie ist nun mal nicht nett. Absolut nicht. Mir wäre es anders auch lieber. **TOTAL!** Nur, was soll ich tun, wenn es eben nicht so ist?!

(verändert, gekürzt)

*Antje Szillat*

1. Wie heißt Jelkos Oma? Finde den Namen im Text.
2. Warum sagt Jelko: „Ich freue mich, dich zu sehen“? Erkläre.
3. Wie fühlt sich Jelko, als seine Oma da ist? Schreibe einen Tagebucheintrag.

• LAH Fördern Inklusion A, S. 44-46, 48

• Leseverstehen: Textinformationen verknüpfen
• die Perspektive einer literarischen Figur einnehmen
• Kinderliteratur kennen

## Manchmal ..., aber dann ...

**MANCHMAL** könnte ich meiner Familie den Hals umdrehn
und möchte sie einfach nie, nie, niemals wiedersehn:
Wenn mein Bruder wieder meckert und Mama sich beschwert.
Wenn Baby Toni seine Milch auf meine Hose entleert.
Wenn Papa nörgelt und Tante Gisa mich abschmatzt.
Wenn meiner Schwester Katy mal wieder der Kragen platzt.
Wenn unser Hund Balu meinen Schuh zerkaut
und mich Opas Gebiss des Nachts im Bad anschaut.

**ABER**, ...
wenn mein Bruder mit mir spielt und Mama mich umarmt,
wenn Baby Toni mich mit seinen blauen Augen umgarnt,
wenn Papa mir vorliest und Tante Gisa mit mir lacht,
wenn meine Schwester Katy mit mir Hausaufgaben macht,
wenn unser Hund Balu sich an mich kuschelt
und Opa mir liebevoll durch die Haare wuschelt,
**dann geb' ich keinen wieder her,**
denn ich liebe sie doch sehr.

*Corinna Roggenkamp*

1. Welches Haustier gehört zur Familie? Finde im Text.
2. Welche Gefühle hat das Kind für seine Familie? Beschreibe.
3. Nachdem du das Gedicht gelesen hast, welchen Rat könntest du Jelko aus der Geschichte „Überraschung" geben?

- eigene Gedanken formulieren und zu Texten Stellung nehmen
- die Perspektive einer literarischen Figur einnehmen

# Meine Oma fährt im Hühnerstall Motorrad

Text: traditionell, Melodie: Robert Steidl

Meine Oma hat im hohlen Zahn ein Radio, ein Radio, ein Radio.
Meine Oma hat im hohlen Zahn ein Radio.
Meine Oma ist 'ne ganz patente Frau.

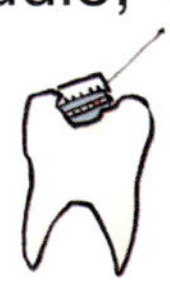

Meine Oma hat 'ne Brille mit Gardine, mit Gardine, mit Gardine.
Meine Oma hat 'ne Brille mit Gardine.
Meine Oma ist 'ne ganz bekannte Frau.

1. Höre dir das ganze Lied an.
   Was passiert in den anderen Strophen?
   Schreibe und male.

2. Was könnte ein Mitglied deiner Familie Tolles machen oder haben?
   Schreibe weitere Strophen.

3. Schreibe eine eigene Geschichte zu einer Strophe.
   Wie kam es dazu?

S. 172

- verschiedene Textsorten kennen: Lieder
- zu Texten Ideen entwickeln
- einfache Texte schreiben

# DAS LESEN WIR

## Bücher, die schon deine Eltern gelesen haben

Urmel aus dem Eis,
Kinder aus Bullerbü,
Pünktchen und Anton, …

## Lesefutter

Was wird wo gegessen? Seit wann gibt es Pizza?
Rezepte aus vielen Ländern

## Laut lesen

Witze oder Bücher mit lustigen Sätzen
liest du am besten laut vor:
Rüpel Ramsay und die randalierenden
Radieschen

## Fantastische Wesen

In Fantasygeschichten
findest du Drachen,
Einhörner, Greife und
viele andere Wesen.

## Comics und Bilderbücher

Es gibt Geschichten, die
werden mit Bildern erzählt.
Kennst du welche?

• LAH Fördern Inklusion A, S. 50, 51

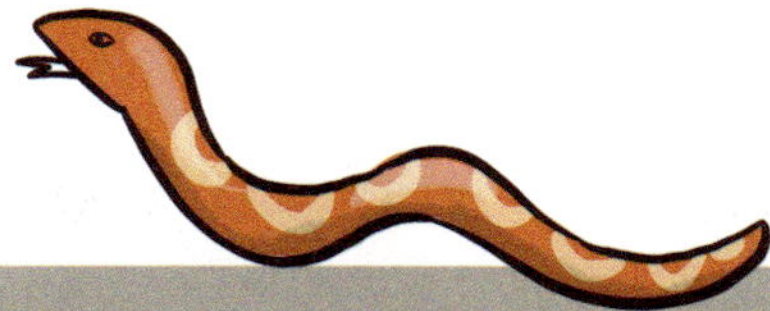

## Wer lebt wo?

Überall auf der Welt leben Tiere – im Eis wie in der Wüste. In Büchern lernst du die unterschiedlichen Lebensräume kennen.

## Philosophisches

Woher weißt du, dass es dich gibt?
Was ist schön?
Ist sieben viel?

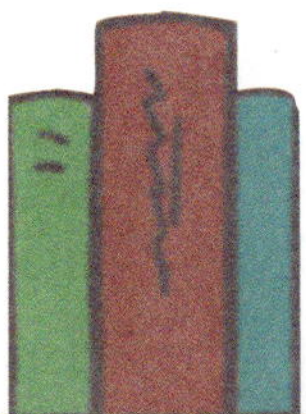

## Geschichten über Familien

Familiengeschichten können ganz unterschiedlich sein. Geschichten über zwei Väter oder zwei Mütter, Geschichten von getrennten Eltern, …

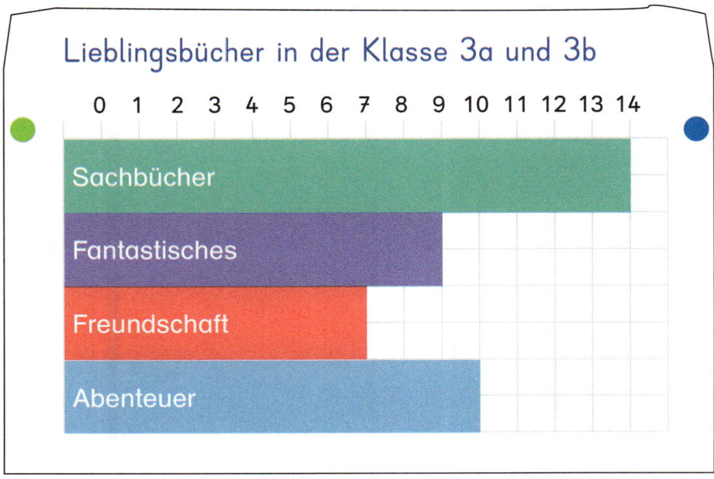

- über ein Spektrum kinderliterarischer Texte und Leseerfahrungen berichten
- die eigene Lese- und Medienerfahrung beschreiben
- verschiedene Textsorten kennen: Diagramm

# Die Buchauswahl

Der Klassenlehrer Herr Buchwald hat erklärt, dass alle Kinder gemeinsam eine Klassenlektüre lesen werden. Das bedeutet, alle Kinder der Klasse 3a lesen gemeinsam ein Buch. Alle waren sofort begeistert und riefen lauter Buchvorschläge in die Klasse. Lachend hat Herr Buchwald unterbrochen. Er erklärte, dass sich alle zunächst überlegen müssen, ob es ein spannendes Buch, ein gruseliges Buch, ein Tierbuch, ein Buch über Freundschaft oder Familie oder ein fantastisches Buch sein soll. Dann durften alle in die Schulbücherei zum Schmökern. Heute darf jedes Kind ein Buch vorstellen. Nicht alle haben ein passendes Buch gefunden, aber am Ende stehen drei ganz verschiedene Bücher zur Auswahl.

1. Was ist eine Klassenlektüre?
2. Welches Buch würdest du vorstellen? Begründe deine Auswahl.
3. Einigt euch auf eine Klassenlektüre. Beachtet die Gesprächsregeln.



- über ein Spektrum kinderliterarischer Texte und Leseerfahrungen berichten
- die eigene Lese- und Medienerfahrung beschreiben
- Kinderliteratur kennen

# Drei Bücher zur Auswahl

## Mina zeigt ihr Buch

Mein Buch heißt „Märchenland für alle“. Es ist ganz anders als die Märchen, die ich kenne. 17 Märchen gibt es in dem Buch. Die Märchen sind umgeschrieben worden und es gibt nicht immer die schöne Prinzessin, die sich in einen Traumprinzen verliebt.

Eine Geschichte heißt „Wie der Prinz die Ehe schloss“. Ein Prinz soll unbedingt heiraten. Aus dem ganzen Land kommen die Prinzessinnen und wollen ihn heiraten. Doch keine gefällt dem Prinzen. Eine Prinzessin bringt ihren Stalljungen mit. Da verliebt sich der Prinz in den Stalljungen. Die beiden heiraten und werden glücklich.

In einem anderen Märchen geht es um eine Frau, die im Wald lebt. Es ist ein bisschen wie Hänsel und Gretel, aber irgendwie schöner. Alle Leute denken, die Frau ist eine Hexe. Dabei war sie mal eine Meisterin im Backen von Torten. Sie hatte einen Sohn, der wurde aber von Ratten geholt. Seitdem ist sie sehr traurig. Das Einzige, was ihr Freude macht, ist das Backen und wenn sie Kindern eine Freude machen kann. Mein Vorschlag ist, dass wir das in der Klasse lesen. (verändert, gekürzt)

- über ein Spektrum kinderliterarischer Texte und Leseerfahrungen berichten
- Kinderliteratur kennen

## Emre zeigt sein Buch

Mein Buch heißt „Super Nick“ von Lincoln Peirce. Es gibt schon viele Bände davon. Sie haben echt lustige Titel. Zum Beispiel „Ohne mich, ihr Sesselpupser!“ oder „Ich zeig’s euch, ihr Dumpfbacken!“. Ich stelle euch den ersten Teil vor. Er heißt „Bis später, ihr Pfeifen!“. Die Hauptperson heißt Nick. Er ist nicht so gut in der Schule. Er zeichnet gerne Comics. Das Buch ist auch wie ein Comic, aber mit mehr Text. Nick ist Torwart in einer Fußballmannschaft und er fährt gerne Skateboard. Er hat Angst vor Katzen.

Und so fängt das Buch an: Sie hätte jeden drannehmen können. Da waren noch 22 andere im Klassenzimmer und alle hatten sie die Finger oben. Francis. Teddy. Und natürlich Gina. Selbst Marc Blonsky, der normalerweise in der hintersten Reihe mit dem Stift in der Nase bohrt, meldete sich. Sie hätte jeden von ihnen nehmen können, oder? Nun ratet mal, wen sie aufruft. Das tut Mrs Godfrey ständig. Immer ruft sie mich auf, wenn ich die Antwort nicht weiß. Und sie weiß es GENAU, wenn ich keinen blassen Dunst hab. Schon mal gehört, dass Hunde Angst riechen können? So ist Mrs Godfrey auch. Wie ein Hund.

Ich finde es total lustig und würde es gerne mit euch lesen.

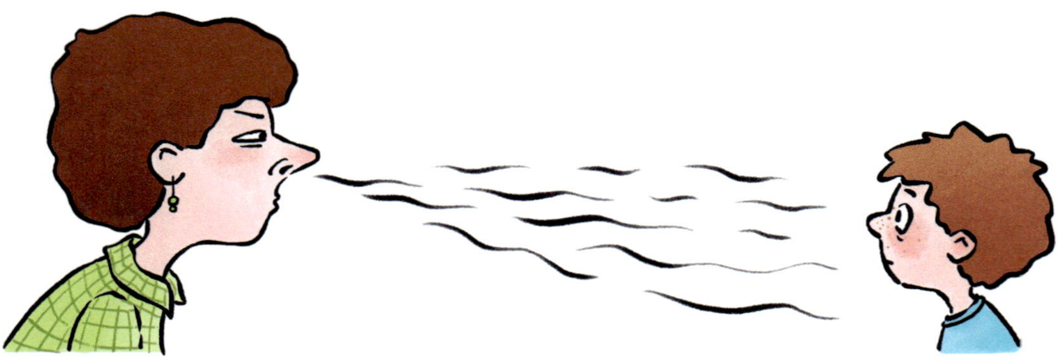

- über ein Spektrum kinderliterarischer Texte und Leseerfahrungen berichten
- Kinderliteratur kennen

## Tomke zeigt ihr Buch

Mein Buch heißt „Die Tierwandler – Unser Lehrer ist ein Elch“ von Martina Baumbach. Es ist lustig und spannend. Es gibt schon viele Bände davon. Ich stelle euch den ersten Band vor. Die Hauptpersonen sind Merle und Finn. Finn ist neu in der Klasse und wohnt mit seiner Oma zusammen. Sie benimmt sich richtig merkwürdig, ich verrate euch aber nicht, warum. Herr Olsson ist ein neuer Lehrer an der Schule. Er hat immer sein Zwergschwein Melusine dabei. Herr Olsson leitet die AG „Sport für besondere Talente“. Und so fängt das Buch an:

Merle sitzt mal wieder auf ihrem Lieblingsplatz: Ein dicker Ast einer alten Eiche, der direkt zu ihrem Fenster reichte. Wo versteckte sich die alte Eule nur? „Uhuuu!“, machte es direkt neben ihr und da entdeckte Merle die Eule. Als kleines Kind dachte sie immer, dass sie mit Tieren reden konnte. Nur aus Spaß fragte sie: „Hast du mich belauscht?“ Die Eule blinzelte. „Das war ja nicht zu überhören“, sagte sie dann. „Mach dir keine Sorgen“, sprach die Eule weiter. „Das neue Schuljahr wird etwas ganz Besonderes!“ Merle erschrak und wäre um ein Haar vom Ast gekippt.

Also, Merle kann mit Tieren sprechen und wie der Titel verrät können sich auch manche aus der AG „Sport für besondere Talente“ in Tiere verwandeln. Ich würde das Buch sehr gerne lesen, auch wenn ich es schon kenne!

# Kleine Leute, große Träume

*Little People, BIG DREAMS erzählt von Lebensgeschichten großer Menschen. Alles begann, als sie noch klein waren: mit großen Träumen.*

## Marie Curie

Die kleine Marie hatte sich fest vorgenommen: Ich werde mal Forscherin, nicht Prinzessin. Sie war eine sehr gute Schülerin. Aber als Frau durfte Marie in ihrer Heimat nicht studieren. Deshalb fuhr sie nach Paris. An der Universität wurde Marie im Nu die Beste in Physik. Marie begegnete eines Tages Pierre und sie heirateten. Zusammen forschten sie im Labor und fanden zwei neue Elemente: Radium und Polonium. Dafür wurden sie besonders ausgezeichnet. Als erste Frau überhaupt bekam Marie den Nobelpreis. Dann hatte Pierre einen Unfall und starb. Marie war tieftraurig und arbeitete so viel wie noch nie. Ihr wurde ein zweiter Nobelpreis verliehen.
Später machte Marie ihren Studentinnen Mut. Weil sie ihnen zeigte, dass man vor nichts Angst haben muss, sondern alles erforschen und begreifen kann.

(verändert, gekürzt)

## Astrid Lindgren

Die kleine Astrid lebte in Schweden. Als kleines Kind lernte sie in Windeseile lesen. Sie fand Bücher „fast nicht zum Aushalten toll“. Als sie erwachsen wurde, schrieb sie für die Zeitung. Sie bekam zwei Kinder: Lars und Karin. Astrid erfand die besten Geschichten. Einmal war Karin krank und wollte eine Geschichte hören über Pippi Langstrumpf. Den Namen hatte sie sich ausgedacht. Der klingt außergewöhnlich, dachte Astrid.

Pippi lebte mit ihrem Pferd Kleiner Onkel und ihrem Äffchen Herr Nilsson in der Villa Kunterbunt. Sie war fröhlich, unerschrocken, frei und das stärkste Mädchen der Welt. Das Buch wurde veröffentlicht. Überall lasen es die Kinder und lachten über die Ideen von Pippi Langstrumpf. Astrid schrieb noch viele andere Bücher und gewann damit viele Preise.

(verändert, gekürzt)

## Nelson Mandela

Als Erster seiner Familie besuchte Rolihlahla die Schule. Dort gab die Lehrerin jedem Kind einen englischen Namen. Aus Rolihlahla wurde Nelson. Als sein Vater starb, kümmerte sich der König des Clans um Nelson. So konnte er weiter zur Schule gehen. Die weißen Menschen im Land machten die Gesetze und trafen Entscheidungen für alle, die dort lebten. Nelson wusste, dass das nicht gerecht war. Deswegen würde er alles tun, damit sich das änderte. Nelson studierte und schloss sich einer Partei an, die für gleiche Rechte für alle kämpfte. Aber die Regierung wollte, dass die Menschen nach ihrer Hautfarbe getrennt wurden. Weil er immer wieder protestiere, kam Nelson ins Gefängnis. Überall auf der Welt rief man: Befreit Nelson Mandela! Nelson wurde nach 27 Jahren aus dem Gefängnis entlassen. Er und der Präsident änderten die Gesetze. Dafür bekamen sie den Friedensnobelpreis. Millionen Menschen erhielten zum ersten Mal das Recht zu wählen. Nelson wurde der erste schwarze Präsident von Südafrika.

(verändert, gekürzt)

*María Isabel Sánchez Vegare*

1. Lies einen Text. Was ist das Außergewöhnliche an dem Menschen? Finde noch weitere Informationen über die Person.

2. Kennst du noch andere Menschen, die schon als Kind etwas Besonderes gemacht haben? Erzähle.

## Dreimal Wissen zum Angeben

### Lesen im Dunkeln schadet deinen Augen!

Liest du auch manchmal heimlich mit einer Taschenlampe unter der Bettdecke? Oft hört man, dass Lesen im Dunkeln schädlich für die Augen sei. Augenärzte haben aber herausgefunden, dass es keine Beweise für eine Schädigung der Augen gibt. Allerdings ist das Lesen ohne genügend Licht anstrengender für die Augen. Sie werden müde und können sich auch röten. Wenn du dann die Augen zumachst, erholen sie sich aber ganz schnell wieder.

Bei genügend Licht liest es sich natürlich viel besser!

### Hornissen sind tödlich

Hilfe! Eine Hornisse! Hornissen sind total gefährlich! Von den Stichen kann man sterben! Alles Quatsch! Hornissenstiche sind nicht gefährlicher als Bienen- oder Wespenstiche. Das Gift aus ihrem Stachel ist sogar weniger giftig. Allerdings ist ein Hornissenstich schmerzhafter. Hornissen haben einen längeren Stachel als Bienen und Wespen. Dadurch kann ihr Stachel tiefer in die Haut eindringen und das tut dann weh. Gefährlich wird ein Hornissenstich nur, wenn man dagegen allergisch ist.

## Spinat ist supergesund!

Früher wurde den Kindern immer gesagt, sie müssen ganz viel Spinat essen, weil Spinat ganz viel Eisen enthält. Eisen ist wichtig für den Körper, weil dadurch Sauerstoff in den Muskeln gespeichert wird. Das macht den Körper dann besonders leistungsfähig, also stark. Die Comicfigur Popeye hat immer Spinat gegessen und wurde dann superstark. Der Physiologe Gustav von Bunge hat im Jahr 1890 den Nährwert von Spinat untersucht. Bei seiner Berechnung kam er auf einen Eisengehalt von 35 Milligramm (mg) pro 100 Gramm (g) Spinat. Das klingt erst mal gut. Aber Gustav von Bunge hat damals nicht frischen Spinat untersucht, sondern getrockneten Spinat. Frischer Spinat besteht nämlich aus 90% Wasser und enthält nur 3 Milligramm Eisen auf 100 Gramm Spinat. Gesund ist er trotzdem! Nun stellt sich die Frage, welche Lebensmittel besonders viel Eisen haben.

**Eisen in Nahrungsmitteln**

| Getreide | pro 100 g |
|---|---|
| Quinoa | 8 mg |
| Haferflocken | 5 mg |
| Vollkornreis | 3,2 mg |
| **Hülsenfrüchte** | **pro 100 g** |
| Linsen | 8 mg |
| Kichererbsen | 6 mg |
| frische grüne Erbsen | 2 mg |
| Tofu | 5 mg |

1. Lies einen Text. Tausche dich mit einem Partnerkind aus. Macht eine kleine Präsentation über einen Text.
2. Hast du auch Wissen zum Angeben? Erzähle.

- eigene Gedanken formulieren und zu Texten Stellung nehmen
- sich mit anderen zu Textdeutungen und -wertungen austauschen
- verschiedene Textsorten kennen: Tabelle

## Die Muskeltiere

Die Muskeltiere, das sind Picandou, ein Mäuserich, Gruyere, eine Rattendame, Pomme de Terre, auch ein Mäuserich, und Bertram, ein Hamster. Gemeinsam leben sie in einer kleinen, gemütlichen Höhle im Keller unter Frau Fröhlichs Feinkostladen in Hamburg. Jeden Abend wird ein Müllsack mit den köstlichsten Resten aus Frau Fröhlichs Laden auf den Hof gestellt. Hier gibt es täglich das leckerste Abendessen für die Freunde.

Doch Frau Fröhlich plant mit ihrer Freundin Margarethe eine Schiffsreise nach Ägypten und schließt für ein paar Wochen ihren Laden. Wie sollen die Muskeltiere ohne die Leckereien aus „Fröhlichs Feinkostladen“ überleben?

Keine Frage: Sie müssen mitfahren!

Picandou

Sprich: Pikohndu

Pomme de Terre

Sprich: Pomm dö Terr

Bertram

Gruyere

Sprich: Grüieer

„Ich wüsste, wie wir ohne Probleme an Bord kommen“, sagte die Ratte Gruyere. „Wir verstecken uns einfach in den Koffern, und wenn wir an Bord sind, steigen wir wieder aus. Das ist vollkommen ungefährlich.“

„Dat is man ’ne schnieke Idee“, sagte Pomme de Terre. „Und viel weniger gefährlich, als hier in der Deichstraße zu verhungern.“

„Also, das ist doch ein Plan“, entschied Bertram. „Wer ist dafür?“

Drei Pfoten schnellten in die Höhe. Picandou, der als Einziger die Pfote unten gelassen hatte, blickte düster in die Runde. So etwas Dummes aber auch. Die anderen Muskeltiere hatten ihn überstimmt. Bertram trippelte in eine Ecke der Höhle und deutete auf eine Briefmarke, die als Bild an der Wand hing. Darauf war ein hellblauer Ball mit ein paar bunten Flecken zu sehen. „Das ist die Erde“, erklärte er lispelnd. „Dort ist Hamburg, und hier unten ist Ägypten. Wir reisen also um die halbe Welt. Das sind viele tausend Kilometer.“ Picandou wurde blass. „Was heißt hier viele tausend Kilometer?“ Gruyere, die als Einzige bemerkte, wie ihm zumute war, legte ihm die Pfote auf die Schulter. „Du brauchst keine Angst zu haben. Es wird bestimmt ganz toll. Und wir sind ja alle mit dabei.“ Doch der Gedanke an eine so weite Reise, das war Picandou einfach zu viel. Er verließ schon ungern seinen Keller, geschweige denn seinen Erdteil. Der Gedanke, seine gemütliche Höhle zu verlassen, machte ihn ganz krank.

Aber er liebte auch seine Freunde und wollte sich nicht zwischen ihnen und seinem zu Hause entscheiden müssen.

(verändert, gekürzt)

*Ute Krause*

1. Wer sind die vier Muskeltiere?
2. Warum können die Freunde ohne Frau Fröhlich nicht überleben? Erkläre.
3. Was ist Picandous Problem? Beschreibe.
4. Wie könnte die Geschichte weitergehen? Erzähle.

## Wann gehen die wieder?

In meiner Familie gibt es viele Leute. Da ist der Räuberhauptmann, mein Papa, und da sind meine Räubergeschwister.

Papa ist gerade bei der Arbeit und wir dürfen helfen. Nach der Arbeit gehen wir zu Mama. Wahrscheinlich wunderst du dich, dass wir alle Koffer tragen. Früher hatten wir keine Koffer. Nur dass Papa und Mama öfter und immer öfter stritten. Und eines Tages ist Papa dann ausgezogen und wir gingen ihn regelmäßig besuchen. Eines Tages aber war er nicht mehr alleine. Eine Prinzessin mit lauter Prinzessinnenkindern war zu ihm gezogen. Sie waren richtig langweilig, aber wir haben uns trotzdem einen gemütlichen Nachmittag mit ihnen gemacht.

„Wann gehen die wieder?“, fragte ich Papa. „Die gehören jetzt zur Familie“, sagte Papa. „Die bleiben.“ Ab da hatten wir alles doppelt: doppelte Weihnachten, doppelte Geburtstage, doppelte Teller, … Zahnbürsten, … Betten und doppelte Regeln.

„Es soll so sein wie früher“, sagte meine Schwester Amalia. Das fand ich auch und hatte gleich eine Idee. In einer dunklen Nacht ließen wir all die niedlichen Mäuse, die wir im Wald gefangen hatten, im Zimmer der Prinzen und Prinzessinnen frei. Die Prinzessinnenkinder schrien laut „Mama!“ Dann rannten sie in den Wald.

Die Prinzessin lief ihnen hinterher, um sie zu suchen.
Die waren wir los. Jetzt konnte alles wieder wie früher sein.
Oder vielleicht doch nicht?

(verändert, gekürzt)

*Ute Krause*

## Wann gehen die wieder?

In meiner Familie gibt es zehn bis zwanzig Leute. Da ist der Räuberhauptmann, mein Papa, und da sind meine Räubergeschwister. Papa ist gerade bei der Arbeit und wir dürfen helfen. Nach der Arbeit gehen wir zu Mama. Wahrscheinlich wunderst du dich, dass wir alle Koffer tragen. Das hat einen einfachen Grund.
Früher hatten wir keine Koffer. Früher waren wir eine ganz normale Familie. Nur dass Papa und Mama öfter und immer öfter stritten.
Und eines Tages ist Papa dann ausgezogen.
Doch ohne Räuberpapa war das Leben nur halb so schön und deswegen gingen wir ihn bald besuchen.
Eines Tages aber war er nicht mehr alleine.
Eine Prinzessin mit lauter Prinzessinnenkindern war zu ihm gezogen.
Sie waren richtig langweilig, aber wir haben uns trotzdem einen gemütlichen Nachmittag mit ihnen gemacht.

„Wann gehen die wieder?", fragte ich Papa. „Die gehören jetzt zur Familie", sagte Papa. „Die bleiben."

Ab da hatten wir alles doppelt: doppelte Weihnachten, doppelte Geburtstage, doppelte Teller, ... Zahnbürsten, .... Betten und doppelte Regeln.
„Es soll so sein wie früher", sagte Amalia. „Da war alles viel besser." Das fand ich auch und hatte gleich eine Idee.

In einer dunklen Nacht ließen wir all die niedlichen Mäuse, die wir im Wald gefangen hatten, im Zimmer der Prinzen und Prinzessinnen frei. Es war so schön gruselig, dass die Prinzessinnenkinder laut „Mama!“, schrien und in den Wald rannten. Als die Prinzessin merkte, dass ihre Kinder weg waren, lief sie hinterher, um sie zu suchen. Die waren wir los. Jetzt konnte alles wieder wie früher sein. Oder vielleicht doch nicht?

(verändert, gekürzt)

*Ute Krause*

## Wann gehen die wieder?

In meiner Familie gibt es zehn bis zwanzig Leute. Da ist der Räuberhauptmann, mein Papa, und da sind meine Räubergeschwister, Erwin, Bruni, Roderich, Emma, Amalia und Ewein. Papa ist gerade bei der Arbeit und wir dürfen helfen. Nach der Arbeit gehen wir zu Mama, weil sie jetzt dran ist. Wahrscheinlich wunderst du dich, dass wir alle Koffer tragen. Das hat einen einfachen Grund. Früher hatten wir keine Koffer. Früher waren wir eine ganz normale Familie. Nur dass Papa und Mama öfter und immer öfter stritten. Und eines Tages ist Papa dann ausgezogen. Doch ohne Räuberpapa war das Leben nur halb so schön und deswegen gingen wir ihn bald besuchen.

Eines Tages aber war er nicht mehr alleine. Eine Prinzessin mit lauter Prinzessinnenkindern war zu ihm gezogen. Sie waren richtig langweilig, diese kleinen Prinzen und Prinzessinnen. Trotzdem haben wir uns einen gemütlichen Nachmittag mit ihnen gemacht.

„Wann gehen die wieder?“, fragte ich Papa. „Die gehören jetzt zur Familie“, sagte Papa. „Die bleiben.“

Und so war es auch. Ab da hatten wir alles doppelt: doppelte Weihnachten, doppelte Geburtstage, doppelte Teller, … Zahnbürsten, … Betten und doppelte Regeln. Bei Papa wollten wir mit Papa allein sein, aber immer waren die Prinzessin und die Prinzessinnenkinder dabei. „Es soll so sein wie früher", sagte Amalia. „Da war alles viel besser." Das fand ich auch und hatte gleich eine Idee.
In einer dunklen Nacht ließen wir all die niedlichen Mäuse, die wir im Wald gefangen hatten, im Zimmer der Prinzen und Prinzessinnen frei. Es war so schön gruselig, dass die Prinzessinnenkinder laut „Mama!", schrien und in den Wald rannten. Als die Prinzessin merkte, dass ihre Kinder weg waren, lief sie hinterher, um sie zu suchen. Wir rieben uns die Hände. Die waren wir los. Jetzt konnte alles wieder wie früher sein. Oder vielleicht doch nicht?

(verändert, gekürzt)

*Ute Krause*

1. Warum haben die Räuberkinder Koffer? Finde die Stelle im Text.
2. Warum fangen die Räuberkinder Mäuse? Erkläre.
3. Warum heißt die Geschichte „Wann gehen die wieder"? Erkläre.
4. Wird jetzt alles wieder so wie früher? Tauscht euch aus.
5. Wie könnte die Geschichte weitergehen? Erstelle eine Geschichtenkiste mit passenden Materialien.

STOPP

- LAH Fördern Inklusion A, S. 58-60, 62

- Leseverstehen: explizite Textinformationen auf lokaler Ebene ermitteln
- eigene Gedanken formulieren und zu Texten Stellung nehmen
- Kinderliteratur kennen

## Das Lesetagebuch von Maria

„Wann gehen die wieder?“ ist ein Bilderbuch.
Es hat 32 Seiten und ist 2022 erschienen.
Das Buch wurde von der Autorin Ute Krause geschrieben.
Sie hat das Buch sogar auch noch illustriert.

Ich habe das Buch „Wann gehen die wieder?“ gelesen.
Das Buch handelt von einer Räuberfamilie

mit ganz vielen Kindern. Die Eltern streiten sich ganz oft.
Dann zieht der Papa in eine andere Wohnung.
Jetzt laufen die Kinder immer mit ihren Koffern hin und her.

Sie haben auch alles doppelt. Es ist irgendwie lustig,
obwohl das ja eigentlich traurig ist.
Der Räuberpapa hat dann eine neue Freundin.
Sie ist Prinzessin und hat viele Prinzessinnenkinder.
Das finde ich witzig. Ein Räuber und eine Prinzessin.

Die Räuberkinder finden das gar nicht gut. Sie ärgern die Prinzessinnenkinder so doll, dass sie in den Wald abhauen. Mir wäre das auch unheimlich, wenn so viele Mäuse nachts durch mein Schlafzimmer huschen würden.
Ich finde das ganz schön gemein.

Die Räuberkinder denken, dass jetzt alles so wie früher wird. Das glaube ich aber nicht. Bestimmt ist der Räubervater sauer und traurig. Ich glaube, die kriegen richtig Ärger!

Vielleicht schickt der Vater seine Kinder in den Wald, um die Prinzessinnenkinder zu suchen.

Mir gefallen die Geschichten von Ute Krause. Sie hat auch die Muskeltierbücher geschrieben. Ich finde besonders toll, dass sie auch noch so gut zeichnen kann. Ihre Bilder sind total lustig. Sie hat auch schon viele Preise für ihre Bücher bekommen. Von mir würde sie auch einen Preis bekommen!

1. Die Räuberkinder laufen mit ihren Koffern hin und her. Was denkt Maria darüber? Erkläre.
2. Warum glaubt Maria nicht, dass alles wie früher wird? Begründe.
3. Du kannst selbst ein Lesetagebuch zu einem Text oder Buch erstellen. Die Ideen auf den Seiten 180 und 181 können dir helfen. S. 180 –

- sich mit anderen zu Textdeutungen und -wertungen austauschen
- zentrale Aussagen eines Textes erfassen und sie wiedergeben
- ein Lesetagebuch schreiben

Fährt wie von selbst
ZUKUNFTS ZEITUNG
Kinder können immer besser lesen
Computer, was sind Medien?

- LAH Fördern Inklusion B, S. 4, 5

- zu anderen sprechen: erzählen
- die eigene Lese- und Medienerfahrung beschreiben

## Dreimal Technik sinnvoll nutzen

### Buddy geht für Julius in die Schule

Das ist Buddy. Er geht für Julius in die Schule. Dort filmt Buddy, was im Unterricht passiert. Buddy ist ein kleiner Roboter, der mit dem Internet verbunden ist.

Das ist Julius. Auf dem Tablet kann er zu Hause sehen, was seine Freunde in der Schule machen. Auch das Tablet ist mit dem Internet verbunden. So ist Julius im Unterricht dabei. Die anderen Kinder können Julius sehen und hören. Buddy kann sich melden, wenn Julius etwas sagen möchte. Dann kann Julius mit den anderen Kindern und Lehrkräften sprechen. Mit seinem Handy ist Julius in sozialen Netzwerken unterwegs. Auf der ganzen Welt kommt er so mit Menschen in Kontakt. Die Eltern von Julius passen gut auf, dass er nur gute Kontakte hat. So kann Julius das Internet nutzen, um etwas zu lernen und mit Freunden und Freundinnen auf der ganzen Welt in Kontakt zu bleiben.

### Nico geht ins Reparaturcafé

Wenn ein Gerät oder ein Spielzeug einen Fehler hat, musst du es nicht gleich wegwerfen. Manchmal ist es nur ein kleiner Fehler, den man leicht reparieren kann. In vielen Orten gibt es Reparatur-Cafés. Dort treffen sich Menschen, die gerne Sachen reparieren und die das sehr gut können. So wie Frau Löt.
Hier bringt Nico einen defekten Laptop in das Reparatur-Café.

**Nico:** Hallo Frau Löt, ich habe einen Laptop geschenkt bekommen. Leider funktioniert das Display nicht mehr. Man sieht nichts. Alles ist schwarz. Können Sie mir helfen?

**Frau Löt:** Hallo Nico. Gerne schaue ich mir das Gerät genau an. Dazu müssen wir sicher sein, dass das Gerät vom Strom getrennt ist. Ich baue zuerst den Akku aus. Danach baue ich vorsichtig das Display ab und mache es auf. Da sind ganz kleine Schrauben. Mit speziellem Werkzeug geht das.

**Nico:** Woher wissen Sie das alles?

**Frau Löt** *(während sie geschickt an Nicos Laptop herum schraubt)*:

Früher habe ich in einer Firma Radios zusammengebaut. Bei der Technik von heute ist vieles ähnlich. Aber vieles muss auch ich neu lernen. Wichtig ist, dass nur Menschen an den Geräten herum schrauben, die sich ein bisschen mit so etwas auskennen.

*20 Minuten später*

**Nico** *(erstaunt)*:
Toll, das Display geht wieder. Sie haben nur ein Kabel neu verbunden, während wir uns unterhalten haben. Was bekommen Sie dafür?

**Frau Löt** *(lächelt)*: Ich mache das, weil es mir Spaß macht. Es ist ein richtiges Erfolgserlebnis, wenn etwas wieder funktioniert. Mit jedem Gerät, das nicht neu gekauft werden muss, helfen wir der Umwelt, indem nicht noch mehr Müll ensteht. Wenn du möchtest, kannst du ein wenig Geld in die Spendenkasse werfen. Davon kaufen wir Werkzeug und Reparaturmaterial.

**Nico** *(strahlt und wirft 5 Euro in die Kasse)*: Danke!

## Ein Gigant geht auf Deutschlandreise

Die Skulptur „Der Wertgigant“ ist sechs Meter hoch, drei Tonnen schwer und besteht ausschließlich aus weggeworfenem Elektroschrott – alte Laptops, Kühlschränke, Handys, Waschmaschinen und vieles andere. Erschaffen aus defekten Elektrogeräten, startete der Wertgigant in München seine Reise durch Deutschland, um seine Geschichte zu erzählen.

Die gigantische Skulptur repräsentiert den Elektroschrott, den deutsche Haushalte in 72 Sekunden produzieren. Innerhalb von nur 20 Stunden entsteht so eine Armee von 1.000 Wertgiganten. Bei einer Studie hat man herausgefunden, dass die Nichtreparatur und Entsorgung von defekten Geräten in Deutschland für insgesamt 27.566 Tonnen Elektroschrott im Jahr sorgt. Dazu kommt, dass die Herstellung neuer Geräte sehr umweltschädlich ist. Es entstehen Abgase und es wird viel Material verbraucht. Waschmaschinen, Kühlschränke, Geschirrspüler, Fernseher und Elektroherde haben den größten Anteil am gesamten Elektroschrottaufkommen.

Besonders umweltschädlich ist die Herstellung von Fernsehern, Laptops, Handys, Waschmaschinen und Kühlschränken. Nur etwa ein Viertel aller Geräte wird repariert, wenn sie defekt sind. Viele Verbraucher geben an, dass die Reparaturkosten zu hoch seien und sie sich deswegen gegen eine Reparatur entscheiden. Würden mehr Menschen ihre Geräte reparieren lassen, könnte man den Elektroschrott und die Umweltverschmutzung bei der Produktion neuer Geräte deutlich reduzieren.

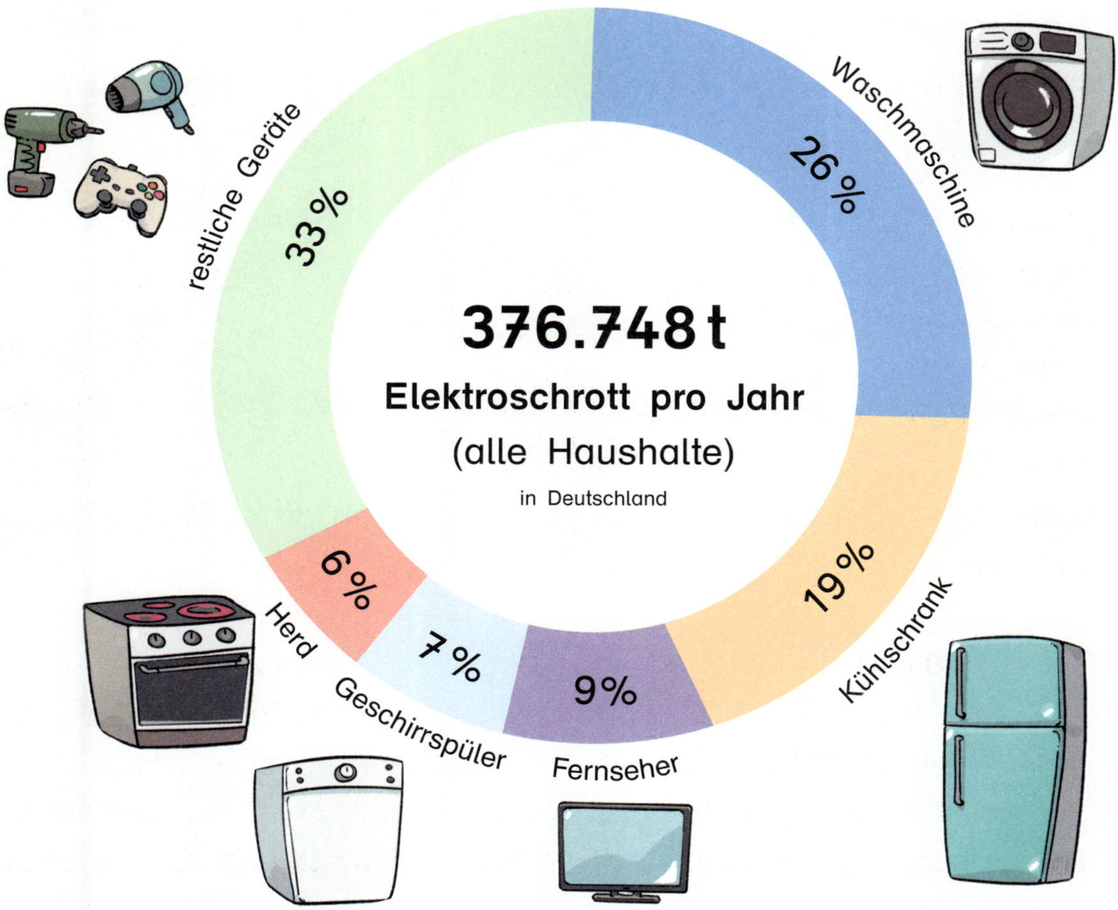


1. Welche Geräte kommen in deinem Text vor? Benenne.
2. Was passiert mit den Geräten aus deinem Text? Beschreibe.
3. Was musst du beachten, wenn du ein elektronisches Gerät benutzt? Begründe.

• LAH Fördern Inklusion B, S. 6, 7

• Leseverstehen: Textinformationen verknüpfen, auch unter Nutzung des Vorwissens Schlussfolgerungen ziehen und ein Gesamtverständnis konstruieren

## Karims Roboter

Ela ist bei Karim zu Hause. Karim hat so ein Gerät, mit dem man sprechen kann. Es heißt „Roboter". Da kann man sich eine bestimmte Musik wünschen oder Fragen stellen. Das Gerät weiß alles.
Ela probiert es gleich aus:

Ela: ROBOTER, was gibt 3 mal 25?

Roboter *(liest mit einer stockenden Roboter-Stimme)*:
Ich habe dich nicht verstanden.

Ela *(etwas lauter und leicht genervt)*:

R O B O T E R, was gibt D R E I m a l FÜNFUNDZWANZIG?

Roboter: Ich glaube nicht, dass ich dir helfen kann.

Ela *(ungeduldig)*: ROBOTER, was gibt 25 + 25 + 25?

Roboter: Ich habe dich nicht verstanden.

Karim *(ruft laut und genervt dazwischen)*: ROBOTER, was gibt 50 PLUS 25?

Roboter: Es tut mir leid, diese Frage kann ich dir nicht beantworten.

Ela *(wieder etwas leiser, langsam und genervt)*:
ROBOTER, was ist 75?

Roboter: Die Antwort ist 75.

Ela *(laut lachend)*: ROBOTER, das habe ich vor dir gewusst!

*Roboter geht aus.*

Ela *(traurig)*: Mensch, Karim. Der arme Roboter.
Er ist bestimmt beleidigt, weil ich ihn ausgelacht habe.

Karim *(beruhigend)*: Keine Sorge. Der hängt manchmal und dann geht er einfach aus. Warte, ich starte ihn neu.

Roboter blinkt, macht dreimal PIEP, dreht sich und startet neu.

Karim *(stolz)*: Roboter, was gibt 13 mal 63?

Roboter: Achthundertneunzehn.

Karim *(misstrauisch)*: Roboter, was ist das größte Tier der Welt?

Roboter: Mit einer Körperlänge von bis zu 33 Metern und einer Körpermasse von bis zu 200 Tonnen ist der Blauwal eines der größten und schwersten bekannten Tiere der Welt.

Karim *(hochnäsig)*: Roboter, was gibt drei mal zweihundertneunundvierzig?

Roboter: Siebenhundertsiebenundvierzig.

Karim *(wütend)*: ROBOTER, du bist ein Angeber!

Roboter: Angeber sind Menschen, die ihre eigenen Leistungen, Fähigkeiten oder auch Erfahrungen bei jeder Gelegenheit und ungefragt präsentieren, um sich in den Vordergrund zu stellen.

Karim *(traurig)*: Ich wollte dich doch nur beleidigen!

Roboter: Beleidigungen sind verachtende Äußerungen über eine Person in Wort, Bild, Schrift und Geste. Beleidigungen sind strafbar. Du hast Glück, dass ich keine Person bin und mich nicht angegriffen fühle.

Karim *(stolz)*: Siehst du, Ela – der Roboter fühlt nichts. Er weiß einfach nur ziemlich viel. Manchmal macht der Roboter aber auch Fehler.

Ela *(begeistert)*: Das Tolle ist, dass der Roboter aus Fehlern lernt und es beim nächsten Mal noch besser macht.

1. Was kann der Roboter? Erzähle.
2. Warum kann der Roboter kein Angeber sein? Begründe.
3. Spielt das Spiel weiter. Ein Kind stellt die Frage, das andere ist der Roboter.

- in Gesprächen einfache Rollen einnehmen
- ausgewählte Formen des Präsentierens planen und gestalten
- Formen des szenischen Sprechens und Spielens planen und gestalten

## Digitale Medien können viel

Sprich: Äbs

### Ich helfe dir beim Lernen

Es gibt viele Apps, mit denen du für Deutsch, Mathe, Englisch oder andere Fächer üben kannst. Im Internet findest du auch Lernvideos. Hast du auch schon einmal selbst ein Lernvideo gemacht?

### Ich zeige dir ferne Länder

Du musst nicht weit reisen, um das Taj Mahal zu sehen. Findest du heraus, wo es steht und wie man es ausspricht?

### Ich helfe bei Erfindungen

In der Medizin und anderen wichtigen Bereichen kann ich den Menschen helfen, wichtige Dinge zu erfinden. So können sie schneller gesund werden oder besser leben. Ganz ohne Menschen geht es aber nicht. Warum ist das so?

### Ich zeige dir Tierbilder

Das Internet zeigt dir tolle Bilder von seltenen Tieren.
Hast du schon einmal eine Seefledermaus oder eine „Saiga-Antilope“ gesehen?
Probiere es aus!

### Ich helfe Menschen überall

Mein Wissen ist so groß, dass Menschen viel von mir lernen und erfahren können.
Menschen können durch mich Wissen miteinander teilen.
Fallen dir hierfür Beispiele ein?

### Du kannst dich von deiner besten oder erfundenen Seite zeigen

Im Internet kannst du dich so darstellen, wie du es möchtest. Du kannst künstlich ein Bild erstellen und Namen erfinden. Achtung: Alle können das so machen. Was könnte daran gefährlich sein?

1. Wie nutzt du das Internet? Erzähle.
2. Warum muss man im Internet so vieles beachten? Erkläre.



• Erfahrungen mit digitalen Formaten und Umgebungen beschreiben
• sich kritisch mit digitalen Formaten und Umgebungen auseinandersetzen

## Das Internet und was du darüber wissen musst

Das Internet ist ein großes Netz von Computern auf der ganzen Welt. Das Wort kommt aus dem Englischen: „net“ bedeutet „Netz“. Der Wortteil „inter“ bedeutet „zwischen“. Fünf Milliarden Menschen auf der ganzen Welt sind durch dieses Netz miteinander verbunden. Deshalb gibt es einiges zu beachten:

**Netikette: Gehe freundlich mit anderen Internetnutzern um!**
Über Textnachrichten und E-Mails können wir schnell im Netz kommunizieren. Wie im realen Leben achten wir auf einen guten Umgang miteinander.
Andere beleidigen oder Lügen verbreiten ist verboten.

**Datenschutz: Verrate nichts!**
Verrate niemandem deinen vollständigen Namen, deine Anschrift oder deine Telefonnummer. Verschicke auch kein Foto, ohne vorher darüber mit deinen Eltern gesprochen zu haben.
Denke dir Nicknamen* aus und verwende einen Avatar** als Bild.

**Bist du wirklich du? Prüfe gut, wem du vertraust!**
Es ist einfach, sich im Internet als jemand anderes auszugeben.
Viele verwenden nicht ihren echten Namen.
Verabrede dich deshalb nur mit Freunden im realen Leben.

**Was soll das denn?**
Erzähle es einem Erwachsenen, wenn du etwas liest, was bei dir ein komisches Gefühl verursacht.
Hole dir immer gleich Hilfe von einer vertrauten Person, wenn du eine Frage hast oder nicht weiterweißt.

(1) Welche zwei Wörter stecken im Wort „Internet“? Erkläre.

*Nickname: erfundener Name. **Avatar: selbst ausgedachtes Bild, mit dem Computer erstellt

- typische Formen digitaler Textstrukturierung (u. a. Hyperlinks, Text-Bild Kombinationen) kennen
- sich kritisch mit digitalen Formaten und Umgebungen auseinandersetzen

## Ein Gedicht von mir und meinem Computer

Computer, schreib mir ein Gedicht!
Tut mir leid, das kann ich nicht.

Kannst du nicht „ich mag dich" sagen?
Da musst du deine Freunde fragen.

Mich trösten, wenn ich traurig bin?
Das kriegt dein Teddy besser hin.

Zu mir kommen, wenn ich weine?
Ich habe keine Menschenbeine.

Und wie sieht's mit Kuscheln aus?
Dafür sind Menschen hier im Haus.

Halt mich beim Tanzen an den Händen!
Wenn möglich, bitte wenden.

*Vera Scheithauer*

1. Lest das Gedicht in verteilten Rollen.

S. 175

2. Was kann der Computer nicht? Beschreibe.
3. Überlege dir weitere Reime für das Gedicht.



- betont vorlesen, verschiedene Rollen einnehmen
- sich kritisch mit digitalen Formaten und Umgebungen auseinandersetzen

## Wie schlau ist künstliche Intelligenz?

Bei künstlicher Intelligenz (oder kurz: KI) denken viele an Roboter oder Supercomputer. Aber sie steckt schon überall in unserem Alltag – immer dort, wo ein Computerprogramm dazulernt.

Diese Technologie nennt man intelligent, weil sie sich selbst etwas aneignen und aus Fehlern lernen kann.
So gibt es zum Beispiel KI-Programme, die sich verschiedene Brettspiele wie Schach beibringen. Vorgegeben werden nur die Spielregeln und die Bedingungen für einen Sieg. Das Programm übt, welche Spielzüge besser sind als andere. So kann es Spielzüge finden, die ein menschlicher Spieler noch nie gefunden hat.

Trotzdem wird jede KI von Menschen programmiert oder mit Daten gefüttert und die KI hilft uns dann, unser Leben einfacher und besser zu machen. KI kann zum Beispiel die Bewegung eines Autos vorhersagen und so die Wahrscheinlichkeit eines Unfalls verringern. Künstliche Intelligenz kann viel Gutes für die Menschheit bringen – vorausgesetzt, sie wird klug und verantwortungsvoll eingesetzt.

*Angelika Zahn*

## Kiki, unsere Familien-Intelligenz

Mama hat Kiki gebaut. Kiki kann fast alles. Nur bei den Hausaufgaben darf Kiki nicht helfen. Das hat Mama verboten. Ich bin Max. Einmal wollte Karlos mit mir Himbeeren pflücken. Vorher musste ich meine Hausaufgaben machen. „Kiki kann dir helfen“, sagte Karlos. Kiki machte meine Hausaufgaben. Plötzlich war alles durcheinander und Kiki saugte meine Hausaufgaben auf. Das ist passiert, weil Kiki bei den Hausaufgaben nicht helfen darf. Am nächsten Tag gab meine Lehrerin mir ein neues Blatt. Dass Kiki meine Hausaufgaben gefressen hat, fand sie lustig. In der Pause hatte Karlos Himbeeren für mich dabei. „Ich glaube, Kiki weiß nicht, wie schön es sich anfühlt, mit dir Himbeeren zu essen.“

*Vera Scheithauer*

## Kiki, unsere Familien-Intelligenz

Mama hat Kiki selbst gebaut. Kiki kann den Rasen mähen, Staub saugen und Musik machen. Kiki weiß fast alles. Nur bei den Hausaufgaben darf Kiki nicht helfen. „Kiki dreht sonst durch!“, hat Mama gesagt. Ich bin Max. Einmal wollte Karlos mit mir Himbeeren pflücken. Aber davor musste ich meine Hausaufgaben machen. „Kiki kann helfen“, schlug Karlos vor. Heimlich ging ich zu Kiki ins Wohnzimmer und hielt ihr die Aufgaben hin. Kiki sagte mir die Ergebnisse. Ich schrieb mit. Plötzlich drehte sich Kiki im Kreis. Sie mähte den Teppich ganz kurz. Mama kam rein und erschrak. Da saugte Kiki meine Hausaufgaben auf. Mama schaltete Kiki aus, war aber nicht sauer.

Am nächsten Tag erzählte ich meiner Lehrerin, dass Kiki meine Hausaufgaben gefressen hat. Sie lächelte und gab mir ein neues Blatt. „Bis Montag schaffst du das allein.“

In der Pause sagte Karlos zu mir: „Lass uns die Himbeeren essen, die ich gestern für uns gepflückt habe.“ Wir lächelten uns an.

„Ich glaube, Kiki weiß nicht, wie schön es sich anfühlt, mit dir Himbeeren zu essen.“

*Vera Scheithauer*

## Kiki, unsere Familien-Intelligenz

Mama hat Kiki selbst gebaut. Sie hat alle Geräte miteinander verbunden, die uns zu Hause helfen sollen. Kiki kann den Rasen mähen, Staub saugen und Musik machen. Kiki weiß fast alles.

Sie kann sich sogar Gute-Nacht-Geschichten für meine kleine Schwester ausdenken. Nur bei den Hausaufgaben da darf Kiki uns nicht helfen. „Bei den Hausaufgaben ist Kikis Hilfe streng verboten“, hat Mama gesagt, „Kiki dreht sonst durch!“

Ich bin Max. Einmal verabredete ich mich nach der Schule mit meinem Freund Karlos zum Himbeerenpflücken. Die Nachbarin hatte uns welche angeboten, wenn wir sie selbst pflücken. Karlos und ich lieben Himbeeren. Das einzige Problem waren meine Hausaufgaben in Mathe. Zwei ganze Seiten. Weil ich in der Schule zu langsam gearbeitet habe. „Eure Kiki kann dir doch helfen“, schlug Karlos vor. „Auf keinen Fall, dafür fehlt Kiki das Feingefühl. Sie kann die Himbeeren nur aufsaugen, fotografieren oder abmähen, aber nicht pflücken. Außerdem dürfen wir mit Kiki keine Sauerei machen, hat Mama gesagt. Kiki ist aus weißem Kunststoff und auf weißen Sachen macht Himbeermatsche Sauerei.“

„Nein, sie soll einfach deine Hausaufgaben machen!“ meinte Karlos. Nur ein einziges Mal. Das ist bestimmt okay. Ich ging zu Kiki ins Wohnzimmer und hielt ihr die Hausaufgaben vor die Linse.

Kiki diktierte mir die Ergebnisse und ich schrieb mit. Plötzlich fing Kiki an, sich im Kreis zu drehen, schneller und schneller.

Dann ging der Rasenmäher an und Kiki mähte den Wohnzimmerteppich ganz kurz. Da kam Mama zur Tür rein. „Hah!“, rief sie. Kiki las Mama schnell eine Gute-Nacht-Geschichte vor. Sofort schlief Mama auf dem Sofa ein. Ich versuchte, die abgemähten Teppichstücke aufzusammeln, damit Mama nicht schimpft, wenn sie wieder aufwacht. In diesem Moment hatte Kiki schon meine Hausaufgaben aufgesaugt. Ratlos saß ich auf dem Boden bei den Teppichstücken. Karlos muss jetzt allein Himbeeren pflücken.
Da wachte Mama auf. Schnell schaltete sie Kiki am Notschalter aus. „Für die Hausaufgaben ist Kiki verboten!“, wiederholte Mama. „Ich habe sie extra so programmiert, dass sie dann durchdreht. Aber jetzt räumen wir erst einmal die Sauerei auf. Mit unseren Händen und einem Besen.“

Am nächsten Tag erklärte ich meiner Lehrerin, dass Kiki die Hausaufgaben gefressen hat. Sie schmunzelte und gab mir ein neues Arbeitsblatt. „Das schaffst du bis Montag“, sagte sie, „und zwar ohne Hilfe.“ Sie zwinkerte mir freundlich zu.
„Willst du Himbeeren?“, fragte Karlos in der Pause und öffnete eine rote Box. „Gern“, erwiderte ich. „Danke fürs Pflücken.“ Da schmunzelte mich Karlos mit seinem himbeerverschmierten Gesicht an. „Ich glaube, Kiki weiß nicht, wie schön es sich anfühlt, mit dir Himbeeren zu essen.“

*Vera Scheithauer*

1. Was kann Kiki? Beschreibe.
2. Was wollte Karlos mit Max machen? Finde die Stelle im Text.
3. Was kann Kiki nicht so gut? Erkläre.
4. Stell dir vor, du hättest eine eigene Familien-Intelligenz. Was soll sie können? Erzähle.

STOPP



• Leseverstehen: Textinformationen verknüpfen, auch unter Nutzung des Vorwissens Schlussfolgerungen ziehen und ein Gesamtverständnis konstruieren

• LAH Fördern Inklusion B, S. 12–14, 16

## Kikis Internetseite

**KIKI**

Über mich | **Erfahrungsberichte** | Meinungen | Bilder | Kontakt

Startseite > Erfahrungsberichte

*Wir sind die Familie Weichdraht.*
*Kiki durften wir uns einmal von Familie Rübsteck ausleihen.*
*Wir brauchten sie für eine Gartenparty. Eigentlich sollte sie nur Musik spielen, das Geschirr abräumen und den Rasen sauber halten, bis einer der Gäste sagte: „Kiki, erzähl einen Witz." Kiki erzählte einen Witz:*
*Wie kann man einen Roboter lange beschäftigen?*
*Man nimmt einen Zettel und schreibt auf beide Seiten: „Bitte umdrehen!"*
*Plötzlich wusste jeder einen neuen Witz..*
*Alle Gäste lachten laut, bis auch Kiki zu lachen anfing.*

Impressum | Datenschutzerklärung

1. Welchen Hyperlink würdest du gerne anklicken? Beschreibe, was dich interessiert.
2. Was könnte unter den einzelnen Hyperlinks stehen? Vermute.
3. Wie könnten die Seiten aussehen, die du angeklickt hast? Gestalte Bilder.
4. Höre dir den Hörtext an. Welche Tipps zum Zuhören haben dir geholfen?

S. 173

- typische Formen digitaler Textstrukturierung (u. a. Links/Hyperlinks, Text-Bild-Kombinationen) kennen
- verschiedene pragmatische Texte kennen: Webseite

## So bastelst du deinen eigenen Roboter

**Du brauchst:**
alte Verpackungen,
Milchtüten, Dosen,
Klorollen,
buntes Papier
und Farben

Probiere aus, was gut passt.
Klebe dann die Teile zusammen.
Bemale und verziere deinen Roboter.

**So machst du technischen Dingen schöne Augen:**
Suche Dinge, die so etwas wie einen Mund oder eine Nase haben. Benutze selbstklebende Augen, um ein Gesicht daraus zu machen.

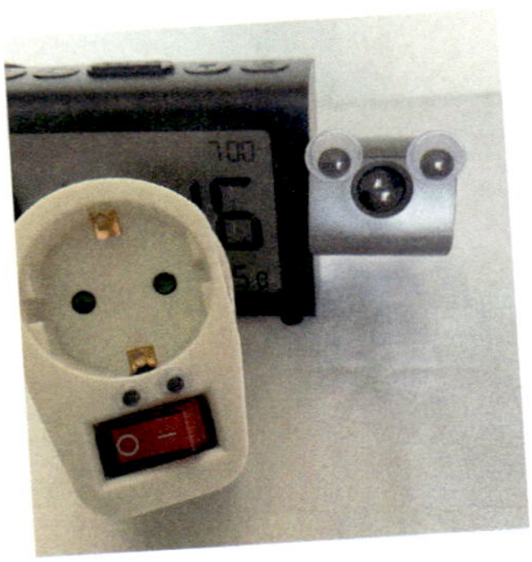

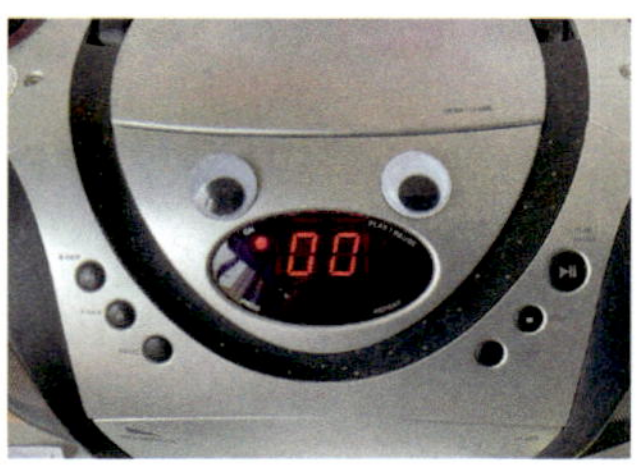

**Wichtig:** Achte darauf, dass die Augen nichts beschmutzen oder beschädigen. Frage vorher einen Erwachsenen, bevor du Augen auf ein Gerät klebst.

## Kari wünscht sich ein Tablet

Was können Kari und Bu gemeinsam mit dem Tablet machen?
Wozu brauchen sie ein eigenes Tablet und müssen sich abwechseln?

Überlege mit einem Partnerkind:

| | | |
|---|---|---|
| Mathe üben | Fotos machen | Englisch lernen |
| ein Spiel spielen | mit Freunden schreiben | ein Video anschauen |
| ein Video machen | eine Geschichte schreiben | Musik hören |
| Tierbilder suchen | Termine planen | mit Freunden telefonieren |

- sich mit anderen zu Textdeutungen und -wertungen austauschen
- eigene Gedanken formulieren und zu Texten Stellung nehmen

## Alle Kinder staunen sehr.
## Wo kommt dieser Unfug her?

Er ist auf seinem Rucksack gefahren
und hat sein Fahrrad getragen!

Er hat mit Apfelschorle gemalt
und seine Tusche getrunken.

Er hat mit seinem Brötchen radiert
und sein Radiergummi gegessen!

Er hat die Tafel mit dem Besen gefegt
und den Boden mit dem Schwamm
gewischt.

Er hat seinen Stuhl eingepackt
und die Hausaufgaben unter den Tisch geschoben.

- zu anderen sprechen: erzählen
- kreativ mit Sprache umgehen

Eins und zwei und drei und vier
und fünf und sechs und sieben und acht.
Ein Hut, ein Stock, ein Regenschirm
und vorwärts, rückwärts, seitwärts, ran.
Hacke, Spitze, hoch das Bein!

Hip hop lollipop,
let me hear your left foot drop!
Sounds so good, sounds so fine,
let me hear it three more times!

Hip hop clippity clap,
let me hear your fingers snap!
Sounds so good, sounds so fine,
let me hear it three more times!

• LAH Fördern Inklusion B, S. 18, 19

• an ausgewählten Beispielen Gemeinsamkeiten und Unterschiede verschiedener Sprachen untersuchen

## Drei Wege zur Verständigung

Wenn du jemandem etwas mitteilen möchtest, nutzt du meistens deine Sprache. Aber funktioniert das überall so? Spricht ein Hund, wenn er bellt? Zwitschern Vögel mit einer eigenen Grammatik? Sprechen Menschen nur mit dem Mund? Sobald wir beginnen, darüber nachzudenken, wird es etwas schwieriger. Viele Lebewesen verständigen sich in ganz unterschiedlicher und manchmal auch sehr ausgefallener Art und Weise.

## Pups mir die Richtung

Heringe sind silberne Fische. Sie schwimmen in großen Gruppen durch das Meer. In der Gruppe ist es für den einzelnen Fisch sicherer. Manchmal gehören zu einer Gruppe sogar mehrere Millionen Tiere. In der Nacht können sie sich aber nicht so gut sehen. Trotzdem müssen die Fische in der Gruppe zusammenbleiben. Damit ihnen das gelingt, pupsen sie. Sie sprechen dann also über Pupse miteinander. Die Pupse haben dabei verschiedene Tonlagen und Längen.

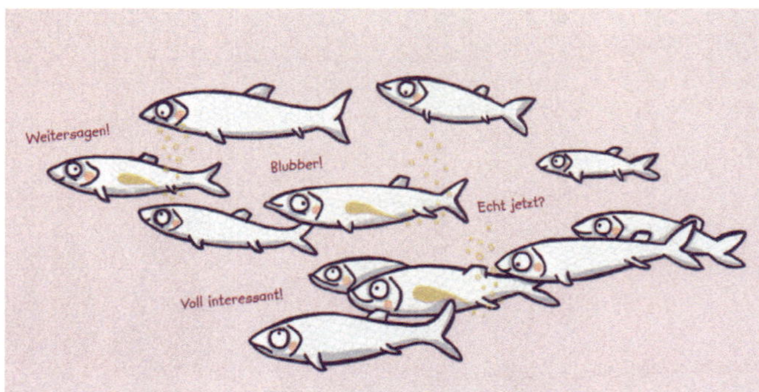


Fünf Sekunden kann so ein Pups schon mal dauern. Manchmal sogar länger. Zum Glück für alle anderen Lebewesen im Meer stinken diese Pupse aber nicht.

## Guck doch mal, was ich hier habe!

Raben gelten als besonders kluge Tiere. Zwar klingt ihr Gesang für unsere Ohren eher nach heiserem Gekrächze, doch sie können sich damit hervorragend verständigen. Über 30 verschiedene Laute erzeugen die Vögel. Diese klingen knarrend, rülpsend, grunzend oder sirrend und manche ähneln sogar Xylofonklängen. Mit ihren Rufen machen sie vor allem auf Futterstellen aufmerksam. Aber sie verraten damit auch ihr Alter und ihr Geschlecht. Darüber hinaus verständigen sich die intelligenten Vögel mithilfe von Gesten. So heben sie mit ihrem Schnabel kleine Dinge wie Moose, Steine oder Zweige hoch, um sie anderen Raben zu zeigen. Ist deren Interesse geweckt, kommen sie näher heran. Und mitunter untersuchen sie dann gemeinsam das gefundene Objekt. Was sich für uns erst einmal wenig spektakulär anhört, hat es aber in sich. Denn solche hinweisenden Gesten gelten als wichtige Meilensteine bei der Entwicklung von Sprache. Die Wissenschaft kannte sie bislang nur von Menschen und Menschenaffen.

*Andrea Weller-Essers*

## Komm, ich zeig dir was

Die Menschheit hat in ihrer Geschichte viele verschiedene Sprachen entwickelt. So unterschiedlich sie klingen, so groß ist auch eine Gemeinsamkeit. Man kann sie oft hören. Die Gebärdensprache ist deswegen etwas ganz Besonderes. Man kann sie sehen. Insbesondere gehörlose und schwerhörige Menschen nutzen die Gebärdensprache, um sich zu verständigen. Am auffälligsten sind dabei die Hände, mit denen man Worte bildet.

Aber auch der Gesichtsausdruck (die Mimik), die Körperhaltung und die Bewegung des Mundes (das Mundbild) sind beim Gebärden wichtig. Mit der Mimik kann ein Sprecher zum Beispiel verdeutlichen, ob er ein Buch gerne gelesen hat oder sich dazu überwinden musste. Die Handbewegungen sind in beiden Fällen gleich. Die Stellung der Hand, die Handform, die Bewegungsrichtung oder die Stelle am Körper, an der die Gebärde ausgeführt wird, hat unterschiedliche Bedeutungen:

Die flache Hand auf der Brust heißt „mein“.

Für „Name“ zieht man seine Faust mit gestrecktem Daumen an der Stirn entlang.

Wenn du jemanden sagen möchtest, wie du heißt, machst du beide Gebärden hintereinander weg. Anschließend musst du deinen Namen mit den Händen buchstabieren. Dazu hat die Gebärdensprache ein eigenes Alphabet, das Fingeralphabet.

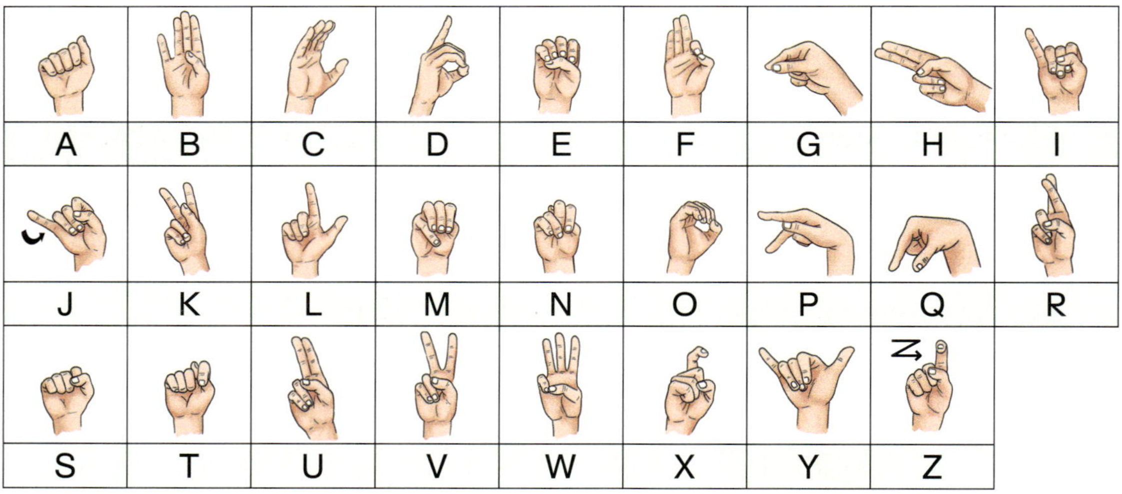

| | | | | | | | | |
|---|---|---|---|---|---|---|---|---|
| A | B | C | D | E | F | G | H | I |
| J | K | L | M | N | O | P | Q | R |
| S | T | U | V | W | X | Y | Z | |

(1) Lies einen Text. Wie wird sich hier verständigt? Erkläre.

(2) Bildet Gruppen: Ein Kind für jeden Text.
Welche Arten gibt es, sich zu verständigen? Überlegt.
Nutzt die Placemat-Methode.

– S. 179

(3) Wer kennt die meisten Sprachen?
Macht einen Wettbewerb.



• Erfahrungen mit verschiedenen Sprachen beschreiben und Unterschiede finden in Klang und Aussprache
• Texte präsentieren: Placemat

• LAH Fördern Inklusion B, S. 20, 21

## Wir lernen Ächzpengboingisch

In England spricht man Englisch, in Frankreich Französisch, in Ungarn Ungarisch, aber Ächzpengboingisch? Nein, nicht in Ächzpengboingien, sondern im Comic-Land, dem Reich der Bildergeschichten. Donald Duck ist dort ebenso daheim wie Asterix, Lupo und Lucky Luke. Ächzpengboingisch ist sehr einfach zu lernen. Es besteht nur aus den Wörtern, die Geräusche nachahmen: ächz, peng, boing, umpff, rrrtsch, plumps, kracks, spotz und so weiter.

Peter übt für das nächste
Fußballspiel einen Drehschuss.
Der gelingt ihm ganz ausgezeichnet,
genau ins Kreuzeck
von Herrn Hubers Fenster!
HERR HUBER:
Die Scheibe ist kaputt.
PETER: Leider.
HERR HUBER:
Was machen wir da?

Dribbeldi, dribbeldi, dribbeldi,
ziungzoing.
Flitsch-flutsch,
rummstibumsti –
klirr!
HERR HUBER:
Pengboing – klirr!
PETER: Ähämähäm.
HERR HUBER:
Ojojoi, hm?

*Gerald Jatzek*

1. In welchem Land spricht man Ächzpengboingisch? Finde die Stelle im Text.
2. Wer lebt in diesem Land? Zähle auf.
3. Was ist das Besondere an den Wörtern von Ächzpengboingisch?

# Wie Hund und Katz

*Hallo, ich bin Lukas. Dank meines Hörgerätes verstehe ich sowohl Menschen wie auch Tiere und kann mit ihnen sprechen. Mit nur einem Klick schalte ich einfach von einer Sprache auf die andere.*

Ich klinkte mich aus. Eine kleine Bewegung am Schalter hinter meinem Ohr – und sofort umgab mich die vertraute Stille. Erleichtert holte ich tief Luft. Der Tag war bisher schrecklich anstrengend gewesen. Sechs Stunden Schule, in denen ich mich auf die endlosen Ausführungen meiner Lehrerin konzentrieren musste. Dazu noch der Lärmmatsch von 26 Mitschülern und die Störgeräusche meiner technischen Lauscher im Ohr, üble Mischung!

Genervt lehnte ich mich an die Hausmauer und sah in unseren Garten.
„Wer hat in meinen Garten gekackt?“, kreischte es aus dem Gebüsch.
Mein wilder, zerzauster Kater funkelte mich aus weit aufgerissenen Augen an.
„Das ist wirklich eine Unverschämtheit! Wenn ich diesen blöden Köter erwische, dann setzt es was! In MEINEN Garten!“
„Millicent, du tust doch auch nichts anderes, als deine Tretminen irgendwo fallen zu lassen“, erwiderte ich.
„Das ist etwas ganz anderes“, schnaubte mein roter Kater. „Es ist mein Garten und ich habe den Anstand, meine Hinterlassenschaften zu verbuddeln. Du solltest diesen Haufen sehen! Das muss ein Riese von einer Töle sein. E-kel-haft!“ Millicent schien es bereits anzuwidern, darüber zu sprechen, und er putzte sich hektisch.
Ich ging Richtung Haus, wohl wissend, dass Millicent mich verfolgen und weiter nerven würde. Auf dem Weg zu unserer Wohnung mussten wir die Praxisräume meiner Mutter durchqueren.

Sie ist Tierärztin. Auf Höhe des Wartezimmers legte Millicent los: „Da! Da ist er! Ich erkenne ihn am Geruch! Der hat in meinen Garten gekackt!“ Ich sah nach unten. Millicent hatte sein Fell gesträubt und einen Buckel gemacht. Ich blickte in die Richtung, in die er starrte, und entdeckte eine riesige Dogge. Sie schaute Millicent aus weit aufgerissenen Augen an und sabberte auf den Fußboden. „Was?“, fragte er erstaunt. „Gibs zu!“, fauchte Millicent empört. „Gib wenigstens zu, dass das dein Haufen in meinem Garten ist!“ „Welcher Garten ist denn deiner?“ „Der Garten, in den du gerade gekackt hast, du Blitzbirne!“ „Ach, der.“ Die Dogge schnaubte wissend. „Da mach ich doch immer Aa hin, wenn ich zum Onkel Doktor muss. Weil ich so aufgeregt bin.“ Millicent vergaß vor lauter Erstaunen seinen Buckel und ließ sich auf seinen Popo plumpsen. „Was hast du gerade gesagt? *Aa? Onkel Doktor?* Sind wir hier im Kindergarten? Du hast in meinen Garten gekackt, Freundchen. Das ist mein Garten! Und keiner kackt da hin außer meiner Wenigkeit. Kapiert, du Hohlkopf?“ Die Dogge klemmte ihren kurzen, dünnen Schwanz zwischen die Beine und drehte sich um. „Mama! Der ist gemein zu mir.“ Ich folgte seinem Blick und entdeckte ein Mädchen, ziemlich klein und zierlich. Sie schien mir etwas sagen zu wollen. Ich zuckte vor Schreck heftig zusammen. Hektisch fummelte ich nach dem kleinen Schalter hinter meinem Ohr und stellte auf Menschenempfang. „Sorry, ich war ausgeschaltet.“

(verändert, gekürzt)

*Joachim Friedrich, Minna McMaster*

1. Wie heißt der Kater? Finde die Stelle im Text.
2. Worüber streiten der Kater und die Dogge? Erzähle.
3. Warum ist der Schulalltag für Lukas so anstrengend? Erkläre.

• zentrale Aussagen eines Textes erfassen und sie wiedergeben

# Spiele mit Sprache

## Teekesselchen

Ein Teekesselchen ist ein Wort, das zwei verschiedene Bedeutungen hat: In der Nacht liege ich unter einer Decke.
An einer Decke hängt eine Lampe.
Sucht weitere Teekesselchen und bildet zwei Gruppen. Eine Mannschaft beginnt mit einem Rätsel. Die andere muss raten.

Unser Teekesselchen spuckt Feuer. Es flattert aber auch an einer Leine im Wind. Welches Wort suchen wir? Danach wird gewechselt. Wer errät die meisten Teekesselchen?

## Wörterketten

Ein Kind beginnt und sagt ein Wort, dass aus zwei Nomen besteht. Zum Beispiel: Segelschiff. Ein anderes Kind macht weiter. Es muss an das zweite Nomen „Schiff“ ein neues Nomen hängen. Zum Beispiel: Schiffsbauer. Nun macht das dritte Kind mit „Bauer“ weiter. Schafft ihr es, die Wörterkette durch eure ganze Klasse wandern zu lassen?

## König der langen Wörter

Kennst du schon das längste deutsche Wort? Es lautet: Rinderkennzeichnungsfleischetikettierungsüberwachungsaufgabenübertragungsgesetz. Es hat 79 Buchstaben und 24 Silben und kommt aus der Politik. Macht doch einmal eine Challenge. Wer kann das längste Wort bilden, das noch Sinn ergibt? Jedes Kind schreibt sein Wort auf einen Zettel. Sammelt die Zettel und lest sie nacheinander laut vor. Welches Wort hat die meisten Buchstaben? Ist es vielleicht die Gartenhausaufbauanleitungshandzetteldruckmaschine? Oder doch eher die Aufbauübersetzungshilfeservicemitarbeiterin?

## Lustig, lustig!

Was hüpft von Baum zu Baum
und hat nur Unsinn im Kopf?
*(Ein Streichhörnchen)*

Was hat Stoppeln und brutzelt
in der Pfanne?
*(Bartkartoffeln)*

Was liegt am Strand
und redet undeutlich?
*(Eine Nuschel)*

Was liegt am Strand,
redet undeutlich und ist erkältet?
*(Eine Niesnuschel)*

*Jörg Mühle und Moni Port*

1. Welche drei Tiere findest du im Text?
2. Schreibe auf, aus welchen zwei Begriffen der Dichter einen gemacht hat. *Beispiel: Streich + Eichhörnchen = Streichhörnchen*
3. Überlege dir lustige Fragen zu folgenden Begriffen: eine Lockenblume, ein Klokodil, ein Gaulwurf, ein Gieraffe, ein Schneeigel.

## Wie Piraten Briefe schreiben

*Jim Knopf ist ein Junge, der mit seinem großen Freund Lukas, dem Lokomotivführer, schon viele spannende und gefährliche Abenteuer erlebt hat. Jetzt ist es ihm gerade gelungen, sich in das Geheimversteck der Piraten einzuschleichen.*

„Hört jetzt auf mit diesen verfluchten Geschichten“, brüllte der den sie Hauptmann nannten, erbost, „der verdammte Drache hat uns eben damals schon betrogen. Schwefel, Pech und Bärendreck! Aber das wird von jetzt an nicht mehr vorkommen. Wir werden ihm auf der Stelle einen Brief schreiben, dass wir ihn durchschaut haben und dass er auf unsere Rache zählen kann!“
Die anderen Piraten murrten, dass sie schon wieder schwer arbeiten sollten. Sie wollten jetzt Feierabend machen und den Brief ein andermal schreiben.
„Kraken, Haifisch und Muränen!“, polterte der Hauptmann los. „Was ich sage, wird gemacht, verstanden?“ Da fügten sie sich, holten Tinte, Feder und Papier und begannen alle zusammen, den Brief zu schreiben. Jim konnte von seinem Versteck aus beobachten, wie sie das machten: Einer nach dem anderen stand auf und schrieb seinen Buchstaben auf das Papier, denn jeder konnte nur einen einzigen Buchstaben lesen und schreiben. Der eine konnte beispielsweise das A, ein anderer das S, ein dritter das M und so weiter. Nur keiner konnte den Buchstaben eines anderen erkennen und deshalb merkten sie nicht, dass einer von ihnen statt einem K immerzu ein X schrieb.
Und das war gerade der, den sie ihren Hauptmann nannten, denn er konnte am allerschlechtesten schreiben.

Die Zahlen 1 und 3 kannten sie allerdings alle, denn die standen ja groß und deutlich oben auf dem Segel ihres Schiffes. Während dieser Arbeit trat ihnen allen der Schweiß auf die Stirn, und die kleinen, eng stehenden Augen quollen ihnen fast aus den Köpfen vor Anstrengung. Schließlich hatten sie unter vielem Hinundherreden und Streiten und Buchstabieren folgenden Brief fertig gebracht: Hätte Jim lesen können, dann hätte er vielleicht jetzt schon einen merkwürdigen Umstand bemerkt. Es waren nämlich nur zwölferlei Buchstaben.

Aber Jim konnte eben nicht lesen. Diese Piraten waren tollkühn, bärenstark und verwegen.

Aber nun sah Jim zum ersten Mal mit eigenen Augen, dass es nicht genügte, derartige Eigenschaften zu besitzen, wenn es dabei an Klugheit fehlte. Trotzdem konnte jeder von ihnen wenigstens einen Buchstaben, und er selbst? Keinen einzigen.

(verändert, gekürzt)

*Michael Ende*

1. Was holten die Piraten, um den Brief zu schreiben? Finde die Stelle im Text.
2. Warum kannten alle Piraten die 1 und 3? Erkläre.
3. Wie schreiben die Piraten den Brief? Beschreibe.
4. Zum Knobeln: Wie viele Piraten haben den Brief geschrieben? Überlege.
5. Spiele Lehrer oder Lehrerin: Finde die Fehler im Brief und schreibe ihn richtig ab.

• Leseverstehen: explizite (oder durch einfaches Schließen zu gewinnende) Textinformationen auf lokaler Ebene ermitteln

## Bjarne bedeutet Fresssack

„Was bedeutet eigentlich Bjarne?“, fragte Bjarne beim Essen. „Der Name kommt aus dem Dänischen und Norwegischen“, antwortete Mama. „Toll!“ Bjarne stopfte sich etwas Brot in den Mund. „Er bedeutet Fresssack“, meinte sein Bruder Erik grinsend. „Erik, ärgere deinen Bruder nicht“, rügte Mama. „Was bedeutet der Name denn nun?“, fragte Bjarne erneut. „Bär“, sagte Mama. Bjarne war zufrieden. „Kraft. Größe. Stärke. Wow.“ „Und mein Name?“, fragte Erik. „Er ist auch nordisch und heißt Alleinherrscher“, antwortete Mama. „Das hätte er wohl gerne“, spottete Bjarne. „Dass alle seinen Befehlen gehorchen.“ „Blödmann“, murmelte Erik. „Was ist mit meinem Namen?“, fragte ihre Schwester Suri. Mama überlegte. „Mit dir ist das komplizierter. In Indien kommt der Name von Göttin. Im Arabischen bedeutet er Sonnenaufgang und im Persischen rote Rose. In Japan bedeutet er Taschendieb.“ Die Brüder wieherten vor Lachen. „Sehr witzig“, sagte Suri.

(verändert, gekürzt)

*Monika Feth*

## Bjarne bedeutet Fresssack

„Was bedeutet eigentlich Bjarne?“, fragte Bjarne beim Essen. „Der Name kommt aus dem Dänischen und Norwegischen“, antwortete Mama. „Cool!“ Bjarne stopfte sich eine halbe Sandwichscheibe in den Mund.

„Er bedeutet Fresssack“, behauptete sein Bruder Erik grinsend. Bjarne boxte ihn auf den Arm. „Erik“, ging Mama dazwischen. „Hör auf, deinen Bruder zu ärgern.“ „Was bedeutet der Name denn wirklich?“, kehrte Bjarne zum Thema zurück. „Bär“, sagte Mama. Bjarne schien mit der Erklärung zufrieden zu sein. „Kraft. Größe. Stärke. Wow.“ „Und mein Name?“, erkundigte sich Erik. „Ist ebenfalls nordisch und heißt Alleinherrscher“, antwortete Mama. „Das hätte er wohl gerne“, spottete Bjarne. „Dass sich alle beeilen, seinen Befehlen zu gehorchen.“ „Blödmann“, murmelte Erik. „Was ist mit meinem Namen?“, fragte ihre Schwester Suri. Mama runzelte nachdenklich die Stirn. „Warte mal … Ach, natürlich! Jetzt weiß ich es wieder. Mit dir ist das komplizierter.“ „Logisch“, stöhnten Bjarne und Erik. „In Indien kommt der Name von Göttin. Im Arabischen bedeutet er Sonnenaufgang, im Persischen rote Rose und in Japan Taschendieb.“ Die Brüder wieherten vor Lachen. „Äußerst witzig“, sagte Suri.

(verändert, gekürzt)

*Monika Feth*

## Bjarne bedeutet Fresssack

„Was bedeutet eigentlich Bjarne?“, fragte Bjarne aus heiterem Himmel beim Essen. „Der Name kommt aus dem Dänischen und Norwegischen“, antwortete Mama geistesabwesend. Auf dem Stuhl neben ihr summte ihr Handy und sie schielte auf das Display. „Cool!“, Bjarne stopfte sich eine halbe Sandwichscheibe in den Mund und kaute wie ein Hamster mit vollen Backen. „Er bedeutet Fresssack“, behauptete sein Bruder Erik grinsend. Bjarne boxte ihn auf den Arm. „Erik“, ging Mama dazwischen. „Hör auf, deinen Bruder zu provozieren.“

„Was bedeutet der Name denn wirklich?“, kehrte Bjarne zum Thema zurück. „Bär“, sagte Mama und warf Erik einen warnenden Blick zu. Bjarne schien mit der Erklärung sehr zufrieden zu sein. „Kraft. Größe. Stärke. Wow.“

„Und mein Name?“, erkundigte sich Erik. „Ist ebenfalls nordisch und heißt Alleinherrscher.“ Mamas Handy meldete sich erneut und sie überflog die Nachricht, was den Kindern während der Mahlzeiten strengstens verboten war.

„Das hätte unser Alleinherrscher wohl gerne“, spottete Bjarne. „Dass sich alle beeilen, seinen Befehlen zu gehorchen.“

„Blödmann“, murmelte Erik und widmete sich konzentriert seinem neuen dreistöckigen Leberwurst-Schmierkäse-Ketchup-Sandwich. Mama beäugte das Kunstwerk und kräuselte angewidert die Lippen.

„Und was ist mit meinem Namen?“, fragte ihre Schwester Suri neugierig. Mama runzelte nachdenklich die Stirn. „Warte mal ...“

„Ach“, Mama tippte sich an die Stirn, „natürlich! Jetzt weiß ich es wieder. Mit dir ist das komplizierter.“

„Logisch“, stöhnten Bjarne und Erik wie aus einem Mund.

„In Indien kommt der Name von Göttin. Im Arabischen bedeutet er ... Augenblick ... ja, Sonnenaufgang, im Persischen rote Rose und in Japan – entschuldige vielmals, Schatz – Taschendieb.“

Die Brüder wieherten vor Lachen.

„Äußerst witzig“, sagte Suri.

(verändert, gekürzt)

*Monika Feth*

1. Was bedeuten die Namen Bjarne, Erik und Suri? Finde die Stellen im Text.
2. Warum hat der Name Suri unterschiedliche Bedeutungen? Erkläre.
3. Welche Bedeutung hat dein Name? Recherchiere.

STOPP



- Leseverstehen: explizite (oder durch einfaches Schließen zu gewinnende) Textinformationen auf lokaler Ebene ermitteln
- unterschiedliche Recherchemöglichkeiten nutzen

- LAH Fördern Inklusion B, S. 26-28, 30

## Peter? Welcher Peter?

Im Mittelalter gab es noch keine Nachnamen. Damals lebten nämlich viel weniger Menschen als heute und die meisten davon auf kleinen Höfen. Als vor rund 1000 Jahren immer mehr Städte entstanden, wurde es jedoch unübersichtlich. Wenn es in einer Stadt 20 Peter gab – wie sollte man da den richtigen finden? Die Menschen kamen auf eine schlaue Lösung. Sie gaben Beinamen. War ein Peter groß, nannte man ihn den „langen Peter“. Und wenn er Müller war? Klar, „Peter, der Müller“. Im Laufe der Zeit wurde es Mode, diese Familiennamen an seine Kinder zu vererben. Noch heute verraten die meisten Nachnamen bei uns den Beruf der Vorfahren: Am häufigsten gibt es Namen wie Müller, Schmidt und Meier – so nannte man früher Verwalter. Viele Namen verweisen auch auf die Herkunft: Ein „Bachmann“ wohnte am Bach. In Deutschland gibt es heute rund 850 000 Nachnamen.

*Stefan Greschik*

(verändert, gekürzt)

1. Warum brauchte man im Mittelalter keine Nachnamen? Finde die Stelle im Text.

2. Was sind Beinamen? Erkläre.

3. Der häufigste Nachname der Welt kommt aus China. Wie lautet er? Finde ihn auf der Karte.

## Land auf dem Sonntag

Im Scheinensonn
taubt eine Gurre.
Im Schattenhaus
katzt eine Schnurre.

Es hummelt eine Brumm
wie ein Wagenlast.
Sanft schweint ein Grunz
vor der Wirtschaftsgast.

Im Weiherdorf
froscht tief der Tauch.
Oben am Dachhaus
schlotet der Rauch.

Ein Pinkel, der hundet
auf Blumenmohn.
Der Schimpf vatert laut
im Zimmerwohn.

Ein Fahrersonntag
wagent den Wende.
Das dauert zu lange,
drum gedichtet das Ende.

*Paul Maar*

1. Schreibe die erste Strophe richtig auf.
2. Wo grunzt das Schwein? Finde die Stelle im Text.
3. Warum endet das Gedicht? Erkläre.
4. Erfinde eine eigene Strophe und schreibe sie auf.



- kreativ mit Sprache umgehen
- Paralleltexte schreiben

## Sprachenmix und Aufgabenwirrwarr

In vielen Sprachen gibt es Redewendungen.
Durch sie möchte man etwas bildlich ausdrücken.
Welches deutsche Sprichwort passt zu diesen Redewendungen?

**Italien**
„Zu viele Köche verderben die Küche."
„Troppi cuochi guastan la cucina."

**Türkei**
„Zwei Kapitäne versenken das Schiff."
„İki kaptan bir gemiyi batırır."

**England**
„Zu viele Köche verderben die Brühe."
„Too many cooks spoil the broth."

Kennst du weitere Sprichwörter?
Erstelle eine Liste mit ihren Bedeutungen.

Wie kam Europa zu seinem Namen?
Recherchiere.
Spiele die Sage als Stabpuppentheater oder Rollenspiel nach.

**„Worte können verletzen, aber auch liebevoll streicheln."**
*Oskar Stock*

Was ist damit gemeint? Erkläre und nenne ein Beispiel.
Höre dir einige Aussagen an und entscheide:
Welche Aussagen sind verletzend? Welche nicht?
Welche Tipps zum Zuhören haben dir geholfen?

- Gemeinsamkeiten und Unterschiede verschiedener Sprachen untersuchen
- verschiedene Textsorten kennen: Redewendungen
- Recherchieren

Knusper,
knusper, knäuschen,
wer knuspert an meinem
Häuschen?

Spieglein, Spieglein
an der Wand,
wer ist die Schönste
im ganzen Land?

# GESUCHT

**Wegen folgender Straftaten:**

- **Belügen eines kleinen Mädchens mit roter Mütze im Wald beim Spaziergang**
- **Fressen einer armen, kranken Großmutter**
- **Zerstören der Häuser von wehrlosen Schweinchen**
- **Einbruch ins Haus von 7 Ziegenkindern**

Die Guten ins Töpfchen,
die Schlechten ins Kröpfchen.

Hänsel und Gretel

SCHNEE
WITTCHEN
UND DIE SIEBEN
ZWERGE

Sesam öffne dich!

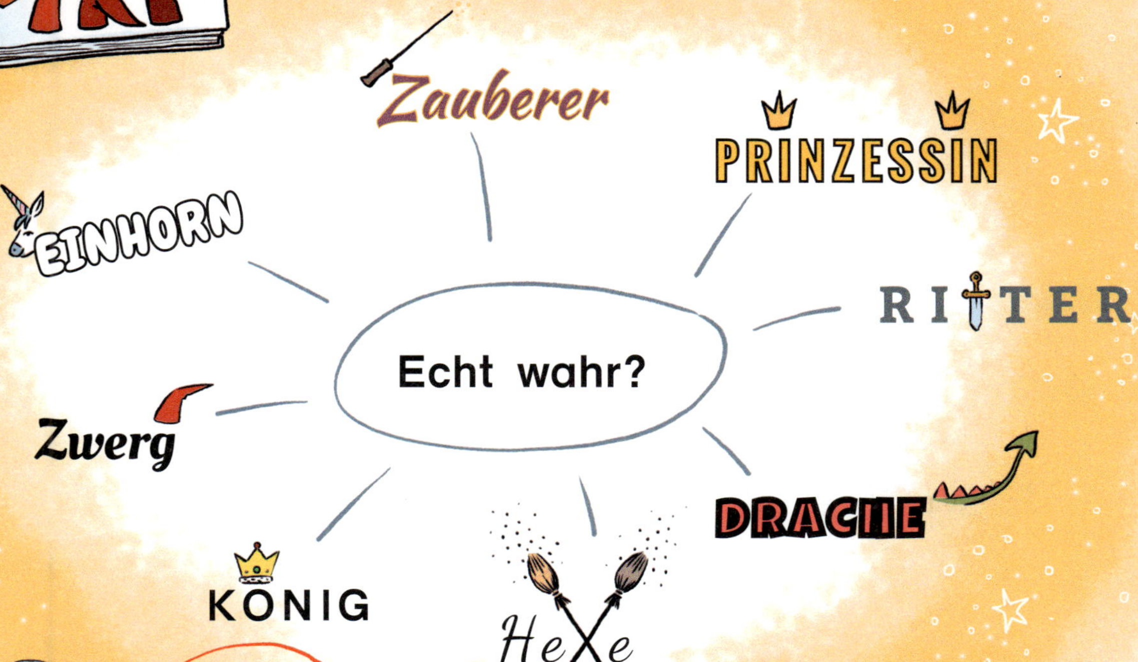
Echt wahr?
Zauberer
PRINZESSIN
RITTER
DRACHE
Hexe
KÖNIG
Zwerg
EINHORN

## Dreimal Märchenwerkstatt

### Märchen in der Streichholzschachtel

Nimm eine Streichholzschachtel und miss sie aus.
Schneide einen Streifen Papier zu.
Beklebe die Schachtel mit dem Streifen.
Auf den Streifen kannst du den Titel
des Märchens schreiben.

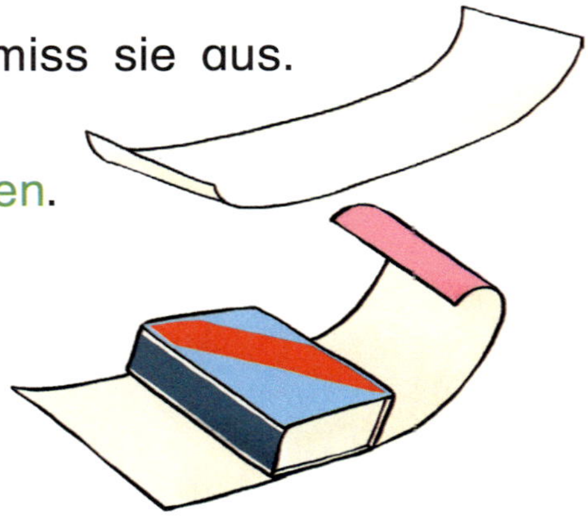

1. Miss die innere Schachtel aus.
   Schneide einen Streifen so schmal, damit er
   in die Schachtel passt.

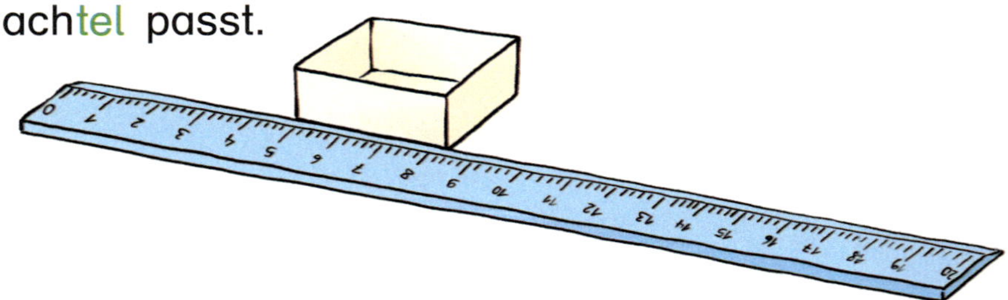

2. Knicke den Streifen wie eine Ziehharmonika.
   Knicke immer abwechselnd in verschiedene Richtungen.

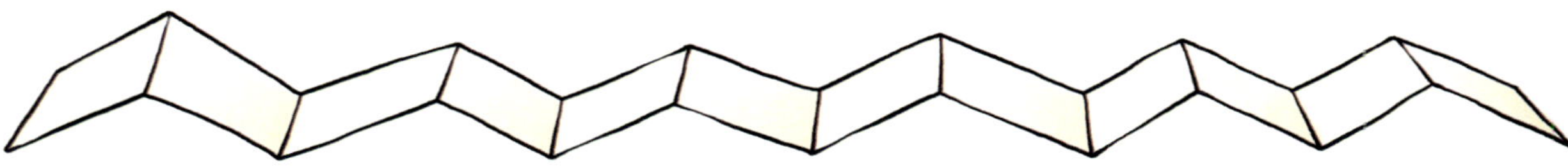

3. Male die Bilder passend zum Märchen.
   Überlege, was wirklich wichtig ist.
   Male es in der richtigen Reihenfolge auf.

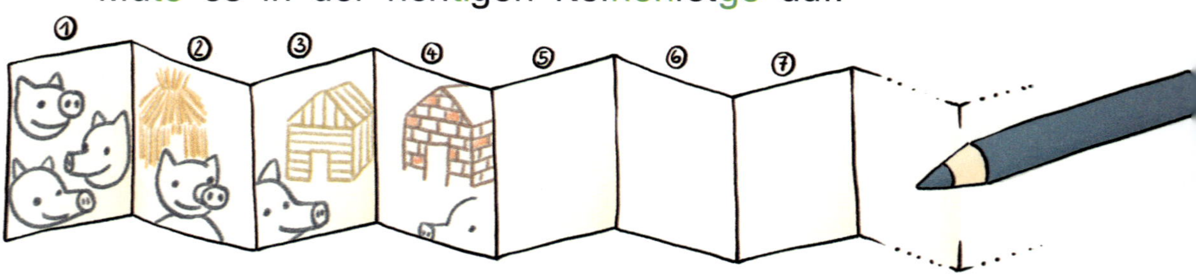

4. Klebe den zusammengeklappten Papierstreifen in die Schachtel. Jetzt kannst du ihn ausklappen.

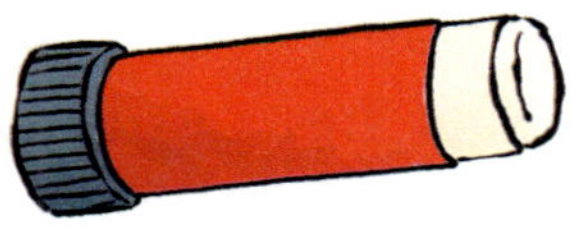

## Märchen im Schuhkarton

Du kannst auch eine wichtige Stelle aus dem Märchen auswählen und sie in einem Schuhkarton darstellen. Deiner Fantasie sind keine Grenzen gesetzt.

# Es war einmal …

## Was ist ein Märchen?

Das Wort Märchen stammt von dem alten Wort „Märe“ ab.
Es bedeutet Kunde oder Bericht. Ein Märchen ist frei erfunden.
Die Handlung spielt an einem unbestimmten Ort und in einer unbestimmten Zeit. Deswegen beginnen viele Märchen mit dem Satz „Es war einmal“.
Sie handeln zum Beispiel von Prinzessinnen, Königen und Rittern.
Meist treten Gut und Böse einander gegenüber.
Oft müssen Aufgaben erfüllt werden. Es muss zum Beispiel ein Drache getötet oder ein kniffliges Rätsel gelöst werden.
Häufig spielt Magie eine große Rolle. Zauberer und Hexen verwandeln Menschen in Tiere oder verfluchen ihre Feinde.
Am Ende siegt meist das Gute. Ein typisches Ende klingt so:
„Und wenn sie nicht gestorben sind, dann leben sie noch heute.“
Früher wurden Märchen nur mündlich erzählt und so von Generation zu Generation weitergegeben.
Erst später wurden sie aufgeschrieben.
Von vielen Märchen weiß man gar nicht, wer sie erfunden hat.
Wenn wir in Deutschland von Märchen sprechen, denken wir vor allem an die Geschichten der Brüder Grimm.
Märchen gibt es aber auf der ganzen Welt. Kennst du die Märchen aus Tausendundeiner Nacht? Sie sind schon sehr alt und stammen aus Asien. Dazu gehören zum Beispiel *Ali Baba und die 40 Räuber* oder *Aladin und die Wunderlampe*. Aus Russland stammt das Märchen *Die Schneekönigin. Die Schöne und das Biest* ist von einem Volksmärchen aus Frankreich abgeleitet.

## Märchensammler

Die bekanntesten deutschen Märchensammler waren Jacob und Wilhelm Grimm. Sie wurden in Hanau geboren. Die Brüder wollten Anfang des 19. Jahrhunderts alle Märchen aufschreiben, die man damals kannte. Sie veränderten die Sprache, sodass alle sie verstehen konnten. Außerdem benutzten sie oft dieselben Wörter. Deswegen klingen die Märchen auch ähnlich. Sie brachten zwei Bände der „Kinder- und Hausmärchen“ heraus. Die Brüder Grimm sind also nicht die Erfinder der Märchen, sondern die Herausgeber. Sie sammelten mehr als 200 Märchen. Diese stammen nicht alle aus Deutschland, sondern auch aus anderen Ländern.
Andere Märchensammler aus Deutschland sind Wilhelm Hauff und Ludwig Bechstein. Aus Dänemark kennt man Hans Christian Andersen als berühmtesten Märchensammler.

|  |  |  |  |
|---|---|---|---|
| Brüder Grimm | Hauff | Bechstein | Anderson |
| 1785–1863 (Jakob)<br>1786–1859 (Wilhelm) | 1802–1827 | 1801–1860 | 1805–1875 |
| Das tapfere Schneiderlein,<br>Die goldene Gans | Die Geschichte vom kleinen Muck,<br>Die Geschichte von Kalif Storch | Der kleine Däumling | Des Kaisers neue Kleider,<br>Die Prinzessin auf der Erbse |

(1) Lies einen der Texte.

(2) Lest nun alle Überschriften und schaut euch die Bilder an. Stellt euch Fragen zu den Texten.

(3) Warum erzählt man sich Märchen? Vermute.

(4) Überlege dir, wie du dein Lieblingsmärchen präsentieren möchtest.

## Die Märchenerzählerin Scheherazade

Es war einmal in einem fernen Königreich, das von einem traurigen König regiert wurde. Der König hatte von seiner ersten Frau erfahren, dass sie ihn betrogen hatte, und aus Wut hatte er beschlossen, jede Nacht eine neue Frau zu heiraten und sie am nächsten Morgen hinrichten zu lassen. Die Menschen im Land hatten Angst und Trauer in ihren Herzen.

Eines Tages kam eine mutige und kluge junge Frau namens Scheherazade zum König. Sie hatte eine Idee, wie sie den grausamen Kreislauf durchbrechen könnte. Scheherazade erzählte dem König, dass sie ihm eine Geschichte erzählen wolle, bevor sie starb. Der König stimmte zu und war neugierig auf ihre Worte. Als die Sonne unterging, begann Scheherazade mit ihrer Geschichte. Sie erzählte von einem tapferen Prinzen und einer zauberhaften Prinzessin, die mutig Drachen besiegten und das Böse bekämpften. Der König, der zuhörte, fand die Geschichte so fesselnd, dass er wissen wollte, wie sie endete. Doch Scheherazade lächelte nur und sagte: „Ich werde die Geschichte morgen fortsetzen, wenn du es erlaubst."

Der König stimmte zu und so überlebte Scheherazade die erste Nacht. In der nächsten Nacht erzählte sie dem König eine ganz andere Geschichte von einem klugen Dieb, der in einem fernen Land Schätze fand. Der König war wieder gespannt und fragte, wie die Geschichte weiterging. Scheherazade antwortete erneut: „Ich werde es dir morgen erzählen, wenn ich noch am Leben bin."

Die Tage vergingen und Scheherazade erzählte dem König jeden Abend eine neue Geschichte. Jede Geschichte war aufregend und voller Abenteuer. Der König konnte nicht anders, als jede Nacht gespannt zuzuhören und zu erfahren, wie die Geschichten endeten.

Nach vielen Nächten begann der König, eine Veränderung in sich zu spüren. Er fühlte, wie sein Herz weicher wurde. Er erkannte, dass es falsch war, unschuldige Frauen zu töten. Er hatte sich in Scheherazade verliebt, nicht nur wegen ihrer Geschichten, sondern auch wegen ihrer Klugheit und Tapferkeit. Eines Tages bat Scheherazade um Erlaubnis, ihre letzte Geschichte zu erzählen. In dieser Geschichte ging es um Vergebung, Liebe und die Macht von Worten, die das Herz eines Menschen verändern können. Der König hörte aufmerksam zu und fühlte, wie sein Herz von ihren Worten berührt wurde.

Am Ende der Geschichte kniete Scheherazade vor dem König nieder und sagte: „Bitte, gewähre mir mein Leben und lass uns gemeinsam das Königreich mit Liebe und Weisheit regieren.“ Der König lächelte und erwiderte: „Du hast nicht nur mein Leben gerettet, sondern auch mein Herz geheilt. Ich will dich nicht verlieren, Scheherazade. Du sollst meine Königin sein.“ Und so lebten Scheherazade und der König glücklich zusammen und ihre Geschichten wurden von Generation zu Generation weitererzählt. Sie zeigten den Menschen, wie mächtig Worte sein können, um das Böse zu besiegen und Liebe und Verständnis in die Welt zu bringen.

*(Märchen aus Asien)*

1. Welche Figuren kommen in Scheherazades Geschichten vor? Zähle auf.

2. Warum hat Scheherazade immer an der spannendsten Stelle der Geschichte aufgehört zu erzählen? Begründe.

3. Wie verändert sich der König? Beschreibe.

- Leseverstehen: Textinformationen verknüpfen
- auch unter Nutzung ihres Vorwissens Schlussfolgerungen ziehen und ein Gesamtverständnis konstruieren

## Wenn ich mir etwas wünschen könnte ...

Ach, was freue ich mich, euch alle mal wieder bei mir zu sehen. Heute am Geburtstag des Märchenlandes schenke ich jedem von euch einen freien Wunsch.

Wisst ihr, manchmal wünschte ich mir, ich könnte einfach Jeans und ein T-Shirt tragen. Ich möchte Fahrrad fahren, anstatt immer nur in schönen Kleidern zu stecken und auf Bällen zu tanzen.

Ich träume davon, mal ohne Sorgen ins Kino zu gehen und süßes Popcorn zu essen. Dann möchte ich einen Film genießen, ohne ständig Verantwortung für das Land zu tragen. Das muss toll sein, nicht immer alle beschützen zu müssen und auch mal an sich zu denken.

Ich habe genug vom Bergwerk. Ich möchte lieber Sänger sein und Menschen mit meiner Musik glücklich machen.

Ich will nicht mehr immer nur der Böse sein. Ich möchte Freunde finden. Alle denken immer nur, ich will sie reinlegen oder auffressen. Niemand kann mich leiden.

Hört mal, ich verstehe eure Wünsche, aber vergesst nicht, wie wichtig ihr für die Märchenwelt seid.
Menschen lernen von euch, was richtig und falsch ist.
Sie erzählen eure Geschichten schon viele Jahre.
Es gibt Bücher, Filme und Spiele über eure Abenteuer.

Das wissen wir schon, aber es wäre trotzdem schön, mal etwas anderes zu erleben. Ich will mich nicht immer verlieben und Hochzeit feiern. Ich möchte reisen und die Welt sehen.

Genau, einfach mal abschalten und das Leben in der echten Welt genießen.

Ich möchte meine Musik mit anderen teilen, statt nur im Bergwerk zu schuften und nur für die anderen sechs Zwerge und Schneewittchen zu singen.

Und vielleicht sogar Freunde finden, anstatt allein zu sein.

Ich verstehe euch. Deshalb gewähre ich euch einen Wunsch. Ihr dürft für drei Tage einen Urlaub in der echten Welt machen. Aber denkt daran, wie wichtig eure Rollen für die Märchen sind.

Das klingt fair.
Ein kleiner Ausflug wird uns sicher guttun.

Ein guter Kompromiss. So können wir unsere Träume ausleben und trotzdem unsere Aufgaben nicht vergessen.

Ich freue mich auf die Chance, meine Musik einem neuen Publikum zu präsentieren.

Wer weiß, vielleicht finde ich ja wirklich echte Freunde dort draußen. Dann kann ich zeigen, dass ich eigentlich auch ein ganz lieber Kerl sein kann.

Genießt euren Urlaub, aber vergesst nie, wie viel Freude und Lehren ihr den Menschen durch eure Märchen bringt.

1. Lest den Text mit verteilten Rollen.
2. Wähle eine Figur. Was wünscht sie sich? Beschreibe.
3. Warum haben die Figuren diese Wünsche? Tauscht euch aus.
4. Was würde passieren, wenn die Figuren nicht aus dem Urlaub zurückkämen? Überlegt, schlüpft in die Rollen und spielt.

S. 175

- betont vorlesen, verschiedene Rollen einnehmen
- unter Anleitung Formen des szenischen Sprechens und Spielens planen und gestalten

# Der Schlangenhäuptling

Es war einmal eine Frau namens Nandi, die war sehr arm. Ihr Mann war tot und sie hatte keine Söhne zum Hüten des Viehs und nur eine Tochter, die ihr bei der Feldarbeit helfen konnte. Eines Tages ging Nandi wie gewöhnlich zum Fluss hinunter, um die purpurroten Beeren zu pflücken, doch sie konnte nichts finden. Da hörte sie ein lautes Zischeln. Als sie aufsah, erblickte sie eine riesige grün-graue Schlange, die sämtliche Beeren auffraß. „Oh, Schlange, du stiehlst mir meine ganzen Beeren. Was soll ich jetzt gegen Fleisch eintauschen, wenn du mir alle Früchte nimmst?“, fragte Nandi. Die Schlange ließ sich langsam den Stamm hinuntergleiten. Nandi hatte Angst, aber wenn sie davonliefe, wäre es mit den Beeren ganz vorbei.

„Was gibst du mir im Tausch für die Beeren?“, zischelte die Schlange. „Wenn ich dir den Korb fülle, gibst du mir dann deine Tochter?“ „Ja“, rief Nandi. „Noch heute Abend gebe ich dir meine Tochter.“ Doch als der Korb gefüllt war und Nandi sich auf den Heimweg machte, begann sie zu zittern wegen des Versprechens, das sie gegeben hatte. Wie konnte sie ihre Tochter nur einer so hässlichen Kreatur ausliefern? Sie musste dafür sorgen, dass die Schlange nicht herausfand, wo sie lebte. Sie durfte nicht geradewegs nach Hause gehen für den Fall, dass die Schlange sie beobachtete. Auf dem Weg kratzte ein langer Dorn ihren Lederrock auf, sodass sich ein winziges Stück Leder an dem Baum verfing. Außerdem blieb sie mit dem Fuß am Eingang des Tunnels einer Wasserratte hängen. Dort verlor sie drei Perlen ihrer Fußkette. Schließlich erreichte sie ihre Hütte und rief ihrer Tochter zu: „Mein Kind, ich habe etwas Böses getan. Ich habe dich der Schlange versprochen für diesen Korb mit purpurroten Früchten.“

Und sie brach in Tränen aus. Die Schlange aber folgte Nandi. Sie entdeckte das Stück Leder und die Perlen. So fand sie den Weg zur Hütte.

Gerade als Nandi weinte, war ein lautes Zischeln am Eingang ihrer Hütte zu vernehmen. Die Schlange glitt hinein. „Nein! Nein!“, schrie Nandi. „Mein Versprechen war nicht ernst gemeint. Ich kann dir meine Tochter nicht geben.“ Das junge Mädchen blickte auf. Ihre braunen Augen waren sanft und ganz ohne Furcht. „Versprochen ist versprochen, Mutter“, sagte sie. Sie streckte die Hand aus und streichelte der Schlange den Kopf. „Komm“, sagte sie. „Ich hole dir etwas zum Fressen.“ Dann faltete sie ihre Decke zusammen und bereitete der Schlange ein Lager. Mitten in der Nacht wachte Nandi auf. Sie hörte Stimmen. Es war ihre Tochter, die da sprach. Aber wem gehörte die tiefe, kräftige Stimme?

Neben ihrer Tochter saß ein junger Mann. Er war der Sohn eines Häuptlings. Nandi betrachtete die gefaltete Decke, auf der die Schlange zur Ruhe gebettet worden war. Darauf lag eine lange, grün-graue Haut. Sie hob sie auf und warf sie ins Feuer.

„Jetzt ist der Bann gebrochen“, sprach der Schlangenhäuptling. „Ein tugendhaftes Mädchen hat sich meiner erbarmt und eine alte Frau hat meine Haut verbrannt.“

Der Schlangenhäuptling und das Mädchen heirateten und wurden glücklich.

(verändert, gekürzt)

*(Märchen aus Afrika)*

1. Welches Versprechen gibt Nandi der Schlange? Finde die Stelle im Text.
2. Wie stellst du dir den Schlangenhäuptling vor? Male oder beschreibe.
3. Warum kann die Schlange Nandis zu Hause finden? Beschreibe.
4. Wie gelingt es, den Bann zu brechen? Erkläre.

# Der Froschkönig

Es war einmal eine Prinzessin, die in einem Schloss lebte. Sie spielte mit einer Kugel am Brunnen. Einmal fiel die Kugel in den Brunnen und die Prinzessin weinte. Da streckte ein Frosch seinen Kopf aus dem Wasser. „Was ist mit dir?” Sie sagte: „Ich weine, weil meine Kugel in den Brunnen hinabgefallen ist.” „Ich kann dir helfen“, sagte der Frosch. „Was gibst du mir dafür?“ „Was du haben willst, lieber Frosch”, sagte sie. Der Frosch antwortete: „Versprich mir, dass du mich liebhaben willst. „Ich verspreche dir alles, was du willst”, sagte die Prinzessin. Sie dachte aber: „Der sitzt im Wasser und quakt und kann keines Menschen Freund sein.“ Der Frosch tauchte und kam wieder mit der Kugel herauf. Die Königstochter freute sich sehr und lief mit der Kugel fort. Am nächsten Tag kam der Frosch an die Tür. Sie warf die Tür zu. „Was will der Frosch von dir?“, fragte der König. „Er hat mir meine goldene Kugel aus dem Brunnen geholt. Ich versprach ihm dafür, er solle mein Freund werden.“ Da sagte der König: „Was du versprochen hast, das musst du auch halten.“ Sie gehorchte und der Frosch aß mit ihr gemeinsam. Als sie aber im Bett lag, kam der Frosch zu ihr gekrochen. Da wurde sie bitterböse und warf ihn mit aller Kraft gegen die Wand. Als er aber herabfiel, war er kein Frosch mehr, sondern ein Königssohn. Er wurde ihr lieber Freund und Gemahl.

## Der Froschkönig

Es war einmal eine Prinzessin, die in einem Schloss lebte. Sie spielte mit einer Kugel am Brunnen. Einmal fiel die Kugel in den Brunnen und die Prinzessin weinte. Da streckte ein Frosch seinen Kopf aus dem Wasser. „Was ist mit dir?“ Sie sagte: „Ich weine, weil meine Kugel in den Brunnen hinabgefallen ist.”

„Ich kann dir helfen”, sagte der Frosch. „Was gibst du mir dafür?”

„Was du haben willst, lieber Frosch”, sagte sie. Der Frosch antwortete: „Wenn du mir versprichst, dass du mich liebhaben willst, so will ich dir die goldene Kugel wieder heraufholen.” – „Ich verspreche dir alles, was du willst, wenn du mir nur die Kugel wiederbringst.” Sie dachte aber: „Was der dumme Frosch schwätzt! Der sitzt im Wasser und quakt und kann keines Menschen Freund sein.“

Der Frosch tauchte und nach einer Weile kam er wieder mit der Kugel herauf. Die Königstochter freute sich sehr und lief mit der Kugel fort.

„Warte”, rief der Frosch, „nimm mich mit, ich kann nicht so laufen wie du!” Die Prinzessin hörte nicht darauf und eilte nach Hause.

Am nächsten Tag, als die Königstochter von ihrem goldenen Tellerlein aß, da kam, plitsch platsch, der Frosch an die Tür.

Sie warf die Tür hastig zu. „Was will der Frosch von dir?“, fragte der König. „Ach, lieber Vater, er hat mir meine goldene Kugel aus dem Brunnen geholt. Ich versprach ihm dafür, er sollte mein Freund werden.“ Da sagte der König: „Was du versprochen hast, das musst du auch halten.“ Sie gehorchte und der Frosch aß mit ihr zu Abend.

Als sie aber im Bett lag, kam der Frosch zu ihr gekrochen. Da wurde sie bitterböse und warf ihn mit aller Kraft gegen die Wand.

Als er aber herabfiel, war er kein Frosch mehr, sondern ein Königssohn mit schönen und freundlichen Augen.

Er wurde ihr lieber Freund und Gemahl.

## Der Froschkönig

Es war einmal ein König, der mit seiner schönen Tochter in einem Schloss lebte. Wenn die Prinzessin Langeweile hatte, spielte sie mit einer Kugel am Brunnen. Einmal fiel die Kugel der Königstochter nicht in ihr Händchen, sondern auf die Erde und rollte ins Wasser hinein. Sie fing an zu weinen. Da rief ihr jemand zu: „Was ist mit dir, Königstochter?“ Sie sah sich um, woher die Stimme käme. Da erblickte sie einen Frosch, der seinen Kopf aus dem Wasser streckte. Sie sagte: „Ich weine, weil meine Kugel in den Brunnen hinabgefallen ist.“ – „Sei still und weine nicht“, antwortete der Frosch, „ich kann dir helfen, aber was gibst du mir, wenn ich deine Kugel wieder heraufhole?“ – „Was du haben willst, lieber Frosch“, sagte sie, „meine Kleider, meine Perlen, Edelsteine und auch die goldene Krone, die ich trage.“ Der Frosch antwortete: „Das alles mag ich nicht. Aber wenn du mir versprichst, dass du mich liebhaben willst und ich dein Freund sein darf, an deinem Tischlein neben dir sitzen, von deinem goldenen Tellerlein essen, aus deinem Becherlein trinken und in deinem Bettlein schlafen darf, so will ich hinuntersteigen und dir die goldene Kugel wieder heraufholen.“ – „Ach ja“, sagte sie, „ich verspreche dir alles, was du willst, wenn du mir nur die Kugel wiederbringst.“ Sie dachte aber: „Was der dumme Frosch schwätzt! Der sitzt im Wasser und quakt und kann keines Menschen Freund sein.“

Der Frosch tauchte und kam nach einer Weile mit der Kugel wieder herauf. Die Königstochter freute sich sehr und lief mit der Kugel fort. „Warte, warte“, rief der Frosch, „nimm mich mit, ich kann nicht so laufen wie du!“ Die Prinzessin hörte nicht darauf und eilte nach Hause.

Am nächsten Tag, als sich die Königstochter von ihrem goldenen Tellerlein aß, da kam, plitsch platsch, plitsch platsch, etwas die Marmortreppe heraufgekrochen und als es oben angelangt war, klopfte es an die Tür und rief: „Königstochter, mach mir auf!“

Sie lief hin und machte die Tür auf. Es saß der Frosch davor. Da warf sie die Tür hastig zu und setzte sich wieder an den Tisch. Der König sah, dass ihr das Herz gewaltig klopfte, und fragte: „Wer ist an der Tür?“ Sie antwortete, dass der Frosch da wäre. „Was will der Frosch von dir?“ „Ach, lieber Vater, er hat mir meine goldene Kugel aus dem Brunnen wieder heraufgeholt. Ich versprach ihm dafür, er sollte mein Freund werden. Nun will er zu mir herein.“ Da sagte der König: „Was du versprochen hast, das musst du auch halten!“

Sie gehorchte und der Frosch hüpfte auf ihren Stuhl. „Nun schieb mir dein goldenes Tellerlein näher, damit wir zusammen essen.“ Endlich sprach er: „Ich habe mich satt gegessen und bin müde; nun trag mich in dein Kämmerlein und mach dein Bettlein zurecht, da wollen wir uns schlafen legen.“ Die Königstochter weinte und fürchtete sich vor dem kalten Frosch. Der König aber wurde zornig und sprach: „Wer dir geholfen hat, als du in der Not warst, den sollst du danach nicht verachten.“

Da packte sie ihn mit zwei Fingern, trug ihn hinauf und setzte ihn in eine Ecke. Als sie aber im Bett lag, kam er gekrochen und sprach: „Ich bin müde, ich will schlafen so gut wie du: Heb mich herauf oder ich sag‘s deinem Vater.“ Da wurde sie erst bitterböse, holte ihn herauf und warf ihn mit aller Kraft gegen die Wand: „Nun wirst du Ruhe geben, du garstiger Frosch.“ Als er aber herabfiel, war er kein Frosch mehr, sondern ein Königssohn mit schönen und freundlichen Augen. Er wurde ihr lieber Freund und Gemahl.

(verändert, gekürzt)

*Märchen der Brüder Grimm*

1. Lies einen der Texte.
2. Erzähle das Märchen einem anderen Kind. Nutze den roten Faden. S. 177 –
3. Was denkst du über das Verhalten der Prinzessin? Begründe.

STOPP

- LAH Fördern Inklusion B, S. 40–42, 44

- verschiedene Textsorten kennen: Märchen
- eigene Gedanken formulieren und zu Texten Stellung nehmen
- mit dem roten Faden nacherzählen

## Rumpelstilz sucht Freunde

Ach wie dumm, dass niemand weiß,
dass ich Rumpelstilzchen heiß.
Niemand schreibt mir Liebesbriefe,
niemand fragt, ob ich gut schliefe.
Niemand schreibt mir Ansichtskarten,
lädt mich ein in seinen Garten.
Niemand wünscht mir frohe Feste,
niemals kommen zu mir Gäste.
Niemals schrillt das Telefon,
so geht das seit Jahren schon.
Doch so will ich nicht verweilen,
deshalb schreib ich diese Zeilen.
Damit nun ein jeder weiß,
dass ich Rumpelstilzchen heiß.

*Gerald Jatzek*

Welche Märchenfigur würdest du dir als Freund oder Freundin wünschen?

Das ist eine gute Frage. Ich glaube, ...



- die Perspektive einer literarischen Figur einnehmen
- Vorlesetechniken und Techniken des Auswendiglernens nutzen

## Hänsel und Gretel

„Ich hatte solchen Hunger."
„Das ist so lecker."
„Ihr wagt es, mein Haus zu zerstören?"

„Die böse Hexe ist tot."
„Wir haben ihren Schatz und müssen nie mehr Hunger leiden."

S. 176

- typische Formen der Textstrukturierung z.B. Text-Bild-Kombinationen beim Lesen nutzen
- verschiedene Textsorten kennen: Märchen

# Unendliche..

## Wie Wo Wann Warum

Warum ist das Feuer heiß?
Warum ist der Schneemann weiß?
Wer hat den Himmel blau gemacht?
Wer hat die Oma fortgebracht?
Wann bin ich auch so groß wie du?
Wann kommt die Milch raus aus der Kuh?
Wo ist das Ende von der Welt?
Wo wird der Regen abgestellt?
Wie kommt das Ferkel aus dem Schwein?
Und wie denn kam es vorher rein?

*Jürgen Spohn*

## Ist das möglich oder unmöglich?

Brennendes Eis

Das Schwein, das über seinen Schatten sprang

• Text-Bild-Bezüge für Textverständnis und Deutung auswerten

# Gedanken

## zwischen weiß noch nicht und weißt du noch

vorfreude und nachfreude
haben einen streit

nachfreude sagt: wart nur ab!
doch vorfreude ist längst bereit

vorfreude träumt vor sich hin:
ach, wenn ich erst woanders bin …

nachfreude im rückwärtssehen:
damals war es wunderschön …

beide eint in diesem zwist,
dass im leben glück drin ist.

*Arne Rautenberg*

- LAH Fördern Inklusion B, S. 46, 47

- zu anderen sprechen: erzählen
- eigene Gedanken formulieren und zu Texten Stellung nehmen

# Dreimal alt und jung

## Wie anders ist alt?

Wenn du klein bist, lachst du gern.
Wenn du alt bist, auch.

Wenn du klein bist, ärgerst du dich
über alles, was du noch nicht kannst.
Wenn du alt bist, ärgerst du dich über alles,
was du nicht mehr kannst.

Wenn du klein bist, vergeht die Zeit dir oft
zu langsam und du musst Geduld haben.
Wenn du alt bist, brauchst du keine Geduld mehr,
denn die Zeit vergeht wie im Flug.

Wenn du klein bist, triffst du dich gerne mit Freunden.
Es kommen immer neue dazu.
Wenn du alt bist, auch.
Solange man lebt, kann man neue Freunde finden.
Aber wenn du alt bist, gehen gleichzeitig immer
mehr Freunde fort.

Wenn du jung bist, träumst du davon,
was in deinem Leben passieren wird. Wenn du alt bist,
träumst du auch gerne. Aber meistens ist das,
wovon du träumst, in deinem Leben schon passiert.

Wenn du klein bist, hast du viele Menschen lieb.
Wenn du alt bist, auch.
Alt und jung sein ist genau gleich,
nur ein bisschen anders.

(gekürzt)

*Bettina Obrecht, Julie Völk*

## Verwurmt

*Figuren: drei Regenwürmer (Perlenketten am Faden), genannt: Wuwu, Rere und Opa*

Wuwu: Opa ist weg.
Rere: Bestimmt schlängelt er sich gerade durchs Erdreich.
Wuwu: Bei dem Regen? Da würde Opa draußen sein.
Er mag den Regen.
Rere: Vielleicht besucht er jemanden? Eine nette Wurmdame?
Wuwu: In seinem Alter? Und das hätte er mir doch erzählt.
Er weiß, dass ich mir Sorgen mache.
Rere: Dann habe ich keine Ahnung, wo dein Opa sein könnte.
Wuwu: Es ging ihm nicht gut in den letzten Tagen. Er konnte sich kaum noch schlängeln, um vor der Sonne zu fliehen.
Als ich ihn fand, war er schon ein wenig trocken.
Er hatte noch nicht einmal mehr Hunger auf Blättchen.
Und dann war er weg.

*Wuwu weint.*

Rere: Wir suchen Opa. Ich helfe dir.

*Die beiden suchen den Opa. Immer wieder rufen sie nach ihm – bis sie ihn finden: Er liegt einfach nur da.*

Wuwu: Opa, da bist du ja, Opa, mein liebster Opa.
Opa: Ach, Wuwu, mein lieber Wuwu.
Wuwu: Opachen, was machst du nur für Sachen?
Opa: Ich mache gar keine Sachen mehr, mein lieber Wuwu.
Ich bin alt. Ihr seid jung. Ihr seid gesund. Ich bin krank.
Wuwu: Dann gehen wir schnell zum Regenwurm-Arzt.
Opa: Ihr habt euer ganzes Leben noch vor euch. Ich habe schon viel erlebt.

Rere: Das ist doch wunderbar. Dann können Sie uns doch viel erzählen.

Opa: Muss mich ausruhen. Ihr seid so wach. Und ich bin so müde.

Wuwu: Opachen, ruh dich aus, so lange du möchtest. Hauptsache, du bist wieder da.

Opa: Ich trau mich nicht einzuschlafen.

Wuwu: Ich bin doch da.

Opa: Bist du wirklich da?

*Opa schläft ein und schnarcht laut.*

Rere: Sollen wir zur nassen Wiese gehen und spielen?

Wuwu: Nein, ich bleibe hier. Ich bleibe bei Opa.

Rere: *(nach einer Pause)* Dann bleibe ich auch hier bei euch.

(gekürzt)

*Andrea Behnke*

## Oma Lina

Abends stochert Jasper in seinem Essen herum. „Wann kommt Oma Lina wieder heim?“, fragt er.
„Das wissen wir nicht, mein Schatz“, sagt seine Mutter. „Sie hat Probleme mit dem Herzen.“
Jasper schaut sie mit großen Augen an. „Muss Oma Lina denn sterben?“
„Hoffentlich noch nicht“, sagt sein Vater. „Aber irgendwann müssen wir alle sterben.“ „Wie ist das eigentlich“, fragt Jasper, „wenn man stirbt?“ Darauf haben die Eltern erst einmal keine Antwort.
„Vielleicht kann man es so erklären“, sagt sein Vater schließlich. „Es gibt große und kleine Abschiede: Wenn du morgens früh zur Schule gehst, ist das nur ein kleiner Abschied.
Du kommst ja mittags wieder nach Hause. Aber wenn jemand stirbt, ist das ein großer Abschied, denn es ist ein Abschied für immer!“

Am Freitagmorgen klingelt das Telefon. Jaspers Mutter geht ran. Sie weint: „Oma Lina ist heute Nacht gestorben.“ Jasper schüttelt den Kopf. „Das glaube ich nicht!“, ruft er. „Oma Lina ist doch im Krankenhaus, um wieder gesund zu werden!“ Sein Vater nimmt ihn in den Arm und sagt leise: „Es werden leider nicht alle Menschen wieder gesund. Weißt du, Oma Lina war schon sehr alt und ihr Herz hat einfach aufgehört zu schlagen.“ Jasper fängt an zu weinen. „Sehe ich Oma Lina nie wieder?“ „Doch. Wir fahren jetzt gemeinsam ins Krankenhaus“, sagt seine Mutter. „Dann können wir in Ruhe von ihr Abschied nehmen.“ Oma Lina liegt da, als würde sie schlafen. Aber sie ist ganz blass. Vorsichtig streichelt Jasper ihre Hand. „Wir können Oma Lina jetzt doch nicht allein lassen!“, sagt Jasper. „Oma Lina ist nicht alleine, auch wenn wir jetzt gehen“, sagt sein Vater. „Es ist nur Oma Linas Körper, der hier liegt, aber sie selbst lebt weiter.“ „Wie lebt sie denn weiter?“, will Jasper wissen. „Vielleicht lebt das weiter, was sie so besonders gemacht hat“, beginnt sein Vater. „Für andere Menschen. Für dich. Auch wenn sie jetzt nicht mehr bei uns ist.“

*Hermien Stellmacher,*
*Barbara Korthues*

1. Was wird anders, wenn man alt ist? Erzähle.

2. Was denkst du: Träumt man nur gerne, wenn man jung ist? Tauscht euch aus.

3. Womit beschäftigt man sich gerne, wenn man jung ist, womit, wenn man alt ist? Sammelt Ideen.

- LAH Fördern Inklusion B, S. 48, 49
- zentrale Textaussagen wiedergeben, wertende Einschätzung zum Text abgeben

## Noah Unendlich

„Ich will Spaghetti mit Tomatensoße“, sagte Noah, der in der Schulmensa Schlange stand.

Frau Futter stöhnte. Dann erwiderte sie: „Wir haben aber gerade Hackbraten vor der Nase. Montag ist Spaghetti-Tag. Dienstag ist Hackbraten-Tag. Ich weiß, es ist kaum zu glauben, aber die Kinder wollen nicht alle Spaghetti mit Tomatensoße“, sagte sie.

Wenn es nach ihm ginge, würde Noah jeden Tag Spaghetti mit Tomatensoße essen. Er würde jeden Morgen genau um 6.45 Uhr aufstehen. Er würde nur Bücher über Dinosaurier lesen. Wenn es nach Noah ginge, würden auch alle anderen nach seinen Regeln leben. Aber so war das Leben nicht. Jeder war anders. Das war sehr frustrierend.

„Warum kann nicht jeder so sein wie ich?“, dachte Noah. Er musste etwas unternehmen.

Noah beschloss, zu beschließen. „Ich brauche mehr von mir.“

Als Noah am nächsten Tag in seine Klasse kam, war etwas anders. Jemand saß auf seinem Platz. Nein, da saß nicht jemand auf seinem Platz, das war er. Der andere Noah glich ihm ganz genau. Er hatte Noahs dunkle Locken und sogar die Macke im Zahn. Mit weit aufgerissenen Augen stotterte er: „Du … du bist ein zweites Ich. Habe … habe ich dich beschlossen?“ Der andere Noah zuckte mit den Schultern und erwiderte: „Na ja, ich habe dich nicht beschlossen. Also hast du bestimmt mich beschlossen.“ Noah und der andere Noah verstanden sich auf Anhieb prima. Sie waren sich einig: Ein Teller Spaghetti mit Tomatensoße schmeckte wunderbar. Und sie waren sich einig, dass nichts in der Welt wichtiger war als Dinosaurier. Eigentlich waren sie sich in allem gleich, bis zum kleinsten Gedanken. Sie wussten, was der andere gerade dachte oder gleich denken würde. Deshalb unterhielten sie sich oft so:

„Das Beste am Spinosaurus ist …“

„Absolut.“

*Weil es Noah so gut gefiel, beschloss er jeden weiteren Tag, dass er mehr von sich brauchte. Jeden Tag verdoppelte er sich. Am zweiten Tag gab es so schon vier Noahs.*

Es waren acht Tage vergangen, seit Noah Unendlich beschlossen hatte, dass er mehr von sich brauchte. Nun gab es in der Schule mehr Noahs als andere Kinder. Die Lehrerin Frau Fiddy verbrachte den Morgen damit, ihrer Klasse etwas über Dinosaurier beizubringen. Nur Noah hörte gar nicht zu. Er starrte stattdessen aus dem Fenster und sah, wie ein riesiger Laster durch das Schultor fuhr. Als er stehen blieb, stiegen die Fahrer aus und luden Kisten ab. Auf manchen Kisten stand Spaghetti und auf anderen Kisten Tomatensoße. Selbst Frau Futter musste sich wohl diesem neuen Leben anpassen. „Spaghetti mit Tomatensoße an einem Mittwoch?“, dachte Noah. „Ab jetzt gibt es bestimmt jeden Tag Spaghetti mit Tomatensoße“, überlegte Noah. Aber anders als sonst war er sich nicht sicher, ob er es überhaupt wollte. Nach dem Essen ging Noah auf den Schulhof. Er sah sich um: Überall nur Noahs! Genau genommen hatte er den ganzen Tag noch niemanden außer Noahs gesehen. Wo waren die anderen Kinder? Wo war der Rest der Amsel-Klasse?

(verändert, gekürzt)

*Guy Bass*

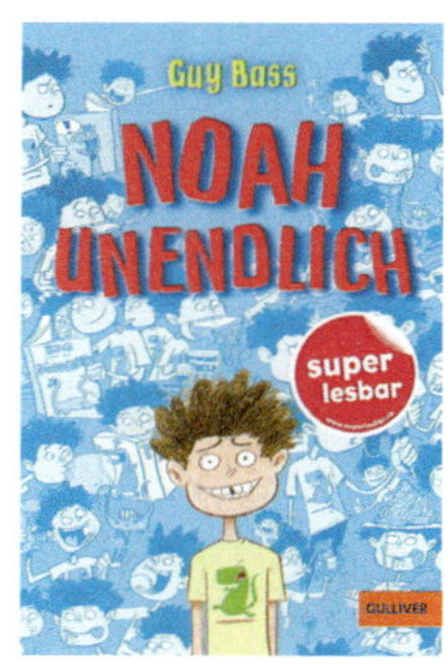


1. Was passiert, als Noah beschließt, es solle mehr von ihm geben? Erzähle.
2. Welche Vorlieben hat Noah? Beschreibe.
3. Wie fändest du es, wenn alle Menschen so wären wie du? Begründe deine Meinung.

• zentrale Textaussagen wiedergeben, wertende Einschätzung zum Text abgeben

## Gansseiltanz

hey gans!
warum machst du nen seiltanz?

ach weißt du ich krieg manchmal so schübe
in denen ich übe

nicht nach hinten nicht nach unten zu gucken
meine angst einfach runterzuschlucken

dann schau ich ohne gram und zorn
einfach nur noch starr nach vorn

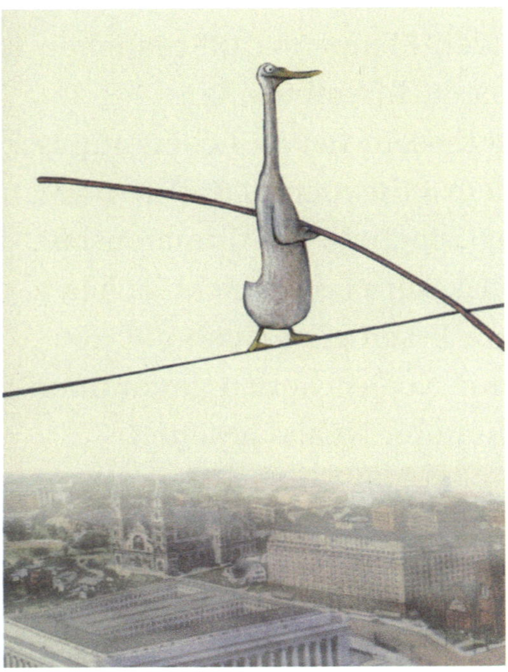

setz besonnen schritt für schritt
auf dem seil
weil
so kann es mir spielend gelingen
zu denken ich schwebe
weit über den dingen

und wenn ich stürze
und fall richtung dreck

dann denk ich halt hey!
ich bin ja ganz gans!
und flieg einfach weg

*Arne Rautenberg*

1. Was will die Gans im Gedicht üben? Beschreibe.
2. Warum wird die Gans, wenn sie stürzt, nicht im Dreck landen? Begründe.
3. Wann könnte es von Vorteil sein, Angst für eine Zeit auszutricksen? Tauscht euch aus.

• eigene Gedanken formulieren und zu Texten Stellung nehmen

## Sophie und der Riese

*In einer silberhellen Mondnacht wird Sophie aus ihrem Bett geraubt – von einem Riesen. Zum Glück ist es der BFG, der BAUMLANGE FREUNDLICHE GURIE, der einzige gute Riese im Riesenland.*

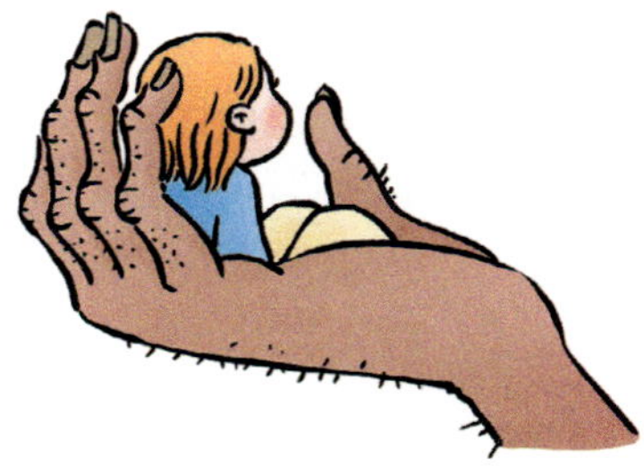

Zurück in der Höhle, setzte der Riese Gurie Sophie auf den riesengroßen Tisch.
„Aber wenn du so gut und freundlich bist, warum hast du mich dann aus dem Bett gerissen und entführt?“, wollte Sophie wissen.

„Weil du mich GESEHEN hast“, antwortete der freundliche Riese. „Wenn irnkwer einen Riesen sieht, muss er ratzfatz aus dem Verkehrt gezogen werden.“

Sophie wusste, dass der Riese recht hatte. Wenn irgendjemand verkünden würde, er hätte gesehen, wie sich ein Riese nachts durch die Straßen geschlichen hätte, würde das wohl tatsächlich in der ganzen Welt ein Heidenspektakel auslösen.
Dann sagte Sophie: „Könntest du mir bitte verraten, was du letzte Nacht in unserem Dorf gemacht hast? Warum hast du dieses lange Trompetendingsbums in das Schlafzimmer der beiden Goochey-Zwillinge gesteckt und dann reingepustet?“

„Ah-ha!“, rief der BFG und richtete sich ruckartig auf. „Jetzt wird aber jemand neugieriger als wie ein Detekdieb!“

„Und der Koffer, den du dabeihattest“, fuhr Sophie fort, „was, bitte schön, hat es mit dem auf sich?“ Der Riese Gurie starrte das Mädchen, das ihm auf dem Tisch gegenübersaß, misstrauisch an.

„Du willst also, dass ich dir ein paar unheimlich heimliche Geheimnisse verantraue, die noch nie niemand nicht gehört hat.“
„Ich sag's auch keinem weiter“, sagte Sophie. „Versprochen!“

„Ich habe einen Traum ins Schlafzimmer von diesen Kinder gepustert." sagte der BFG,

„Einen Traum gepustert?", sagte Sophie. „Was meinst du denn damit?"

„Dass ich ein Traumpusterer bin", sagte der BFG. Er erklärte, dass andere Riesen böse sind und Lebewesen verschlingen. Dann sagte er: „Ich dagegen pustere wo Kinder schlafen liebliche, goldene Träume hin."

„Wart mal", sagte Sophie.
„Und wo bekommst du diese Träume her?"

„Die sammle sie", sagte der Riese Gurie und deutete mit seinem Arm auf die Gläser und Fläschchen, die die Regale bevölkerten, eine Reihe über der anderen.

Der BFG machte es sich auf seinem Stuhl bequem und schlug ein Bein übers andere. „Träume", sagte er dann, „sind was sehr Mistriöses. Sie umhernebelschebln in der Luft wie zarte Seifenblasen. Immerlich auf der Suche nach schlafenden Lebewesen."

„Kannst du sie sehen?", fragte Sophie.

„Nicht würglich."

„Wie schaffst du es dann, sie einzufangen, wenn du sie nicht siehst?", fragte Sophie.

„Ein Traum", sagte er dann, „macht ein kitzelkleinigliches, Sirrsummserumm-Geräusch. Aber dies kleinigliche Sirrsumserummse ist so glockenhell, dass Lebewesen es nicht hören können."

Der BFG deutete auf seine gewaltigen, lasterwagenradgroßen Ohren und begann, sie hin und her zu schwenken.

„Du meinst, du hörst Sachen, die ich nicht hören kann?“, fragte Sophie.

„Ich höre das kitzelkleiniglichste Flüstern auf der ganzen Welt! Ich höre das Getrappsel von Marinekäfern, wie sie über ein Blatt krabbeln.“

Dann nahm der Riese Sophie mit ins Traumland. Der BFG öffnete den Koffer, entnahm ihm ein paar leere Gläser, schraubte sie auf. Dann richtete er sich auf und machte sich ganz lang. Seinen langen Traumkescher hielt er in der Hand. Plötzlich machte er einen Satz.

„Erwischt!“, jubelte er. „Schnell ein Glas! Das ist ein Säuselzwinker!“, flüsterte er begeistert. „Es ist…es ist…es ist…Nein. Noch besser! Es ist ein Blinzelblitz! Ein goldner Blinzelblitz!“

Sophie blickte ihn entgeistert an.

„Knallprächtiger! Der wird einen kleinen Hosenmax eine sehr glückliche Nacht bescheren, wenn ich ihn in sein Zimmer pustere“, rief der Riese und hielt das Glas fest umklammert.

*Roald Dahl*

(verändert, gekürzt)

1. Wer ist der BFG? Erkläre.

2. Warum entführt der Riese Sophie? Tauscht euch aus.
3. Was ist die Arbeit eines Traumpusterers? Finde die Stelle im Text.
4. Warum pustert er nur Kindern Träume ein? Überlegt gemeinsam.

• die Perspektive einer literarischen Figur einnehmen
• eigene Gedanken formulieren und zu Texten Stellung nehmen

## Das besondere Auge

Einmal beschwerten sich die Regenwurmkinder. „Wir wollen Augen!“, riefen die Regenwurmkinder. „Auch wenn die Erwachsenen keine Augen wollen, wir wollen welche!“ Da erbarmten sich die Amseln. Sie sagten: „Na gut, wir wollen den Regenwurmkindern unsere Augen leihen.“ Die Regenwurmkinder krochen mit den geliehenen Amselaugen unter die Erde. Dabei fiel ihnen Dreck in die Augen. Noch ein Problem entstand: „Amselaugen suchen Regenwürmer, um nach ihnen zu schnappen.“ Deshalb schnappten die Regenwürmer nach ihren eigenen Schwänzen. Das gefiel den Regenwürmern nicht. Sie krochen mit den geliehenen Augen der Amseln wieder nach oben und riefen: „Solche Augen wollen wir nicht!“ Da nahmen die Amseln ihre Augen zurück. „Wir wollen aber Augen“, beharrten die Regenwurmkinder! Da hatte man ein Einsehen und schenkte den Kindern ein besonderes, ein inneres Auge. Damit konnten die Regenwurmkinder nach innen schauen. Das innere Auge sah die Bilder der Gedanken. Jetzt konnten die Kinder alles sehen. Die Weite des Ozeans, das ganze Weltall hatte Platz im Kopf. Die Bilder im Kopf waren unbegrenzt. Dieses Auge gefiel den Regenwurmkindern sehr. Sie waren zufrieden. (verändert, gekürzt)

*Reinhardt Jung*

## Das besondere Auge

Die Regenwurmkinder beschwerten sich: Warum habt ihr uns nicht gefragt? So laut beschwerten sich die Kinder, dass alle Schöpfung aufhorchte. Was ist denn da los? „Wir wollen Augen!“, riefen die Regenwurmkinder, „und nur, weil unsere Eltern blind bleiben wollen, soll uns dasselbe passieren! Man kann doch nicht einfach über unsere Köpfe weg entscheiden, dass wir keine Augen bräuchten?“ Da erbarmten sich die Amseln. Sie sagten: „Na gut, wir wollen den Regenwurmkindern unsere Augen leihen. Danach mögen sie selbst bestimmen, ob sie damit was anfangen wollen oder nicht.“ Ausgerechnet die Amseln. Die Regenwurmkinder krochen mit den geliehenen Augen der Amseln unter die Erde. Doch dauernd fiel ihnen Dreck in die Augen. Noch ein Problem entstand: Amselaugen suchen Regenwürmer, um nach ihnen zu schnappen. Deshalb schnappten die Regenwürmer nach ihren eigenen Schwänzen. Das gefiel den Regenwürmern nicht. Sie krochen mit den geliehenen Augen der Amseln wieder nach oben und riefen: „Solche Augen wollen wir nicht!“ Da nahmen die Amseln ihre Augen zurück. „Wir wollen aber Augen“, beharrten die Regenwurmkinder! *So kam es, dass man überlegte und beschloss, allen Kindern auf der Welt ein drittes Auge zu schenken.* Dieses Auge schaut nach innen. Das braucht kein Licht. Das sieht die Bilder der Gedanken. Das ist etwas ganz Besonderes. Die Kinder staunten: Wenn ein Kind nun über das Meer nachdachte, dann konnte es jetzt tief in seiner Seele die Weite des Ozeans schauen! Die ganze Welt, ja das Weltall dazu, hat Platz im Kopf eines Kindes! Da bekamen die Kinder glühende Wangen und rote Ohren, so stark war das Licht der Gedanken und Träume, das die Kinder von innen erleuchtete. Das gefiel den Kindern und die Regenwurmkinder waren zufrieden. (verändert, gekürzt)

*Reinhardt Jung*

## Das besondere Auge

Die Regenwurmkinder beschwerten sich. Warum habt ihr uns nicht gefragt? So laut beschwerten sich die Kinder, dass alle aufhorchten. Was ist denn da los? „Wir wollen Augen!“, riefen die Regenwurmkinder, „und nur, weil unsere Eltern blind bleiben wollen, soll uns dasselbe passieren! Man kann doch nicht einfach über unsere Köpfe weg entscheiden, dass wir keine Augen bräuchten?“ Da erbarmten sich die Amseln. Sie sagten: „Na gut, wir wollen den Regenwurmkindern unsere Augen leihen. Danach mögen sie selbst bestimmen, ob sie damit was anfangen wollen oder nicht.“

Ausgerechnet die Amseln. Die Regenwurmkinder krochen mit den geliehenen Augen der Amseln unter die Erde.

Doch dauernd fiel ihnen Dreck in die Augen. Die Regenwürmer sahen alles aus den Augen der Amseln. Deshalb schnappten sie nach ihren eigenen Schwänzen. Die Amsel sieht Regenwürmer zum Fressen gern.

Da stiegen die Regenwurmkinder nach oben und riefen: „Solche Augen wollen wir nicht!“ Da nahmen die Amseln ihre Augen zurück. „Wir wollen aber Augen“, beharrten die Regenwurmkinder.

Da hatte man ein Einsehen und schenkte den Regenwurmkindern und allen anderen Kindern der Erde ein drittes, ein göttliches Auge. Das schaut nach innen. Das braucht kein Licht. Das sieht die Bilder der Gedanken. Da waren die Regenwurmkinder zufrieden.

Auch die Menschenkinder bekamen dieses innere Auge.

Die Menschenkinder staunten: Wenn ein Kind nun über das Meer nachdachte, dann konnte es jetzt tief in seiner Seele die Weite des Ozeans schauen! Die ganze Welt, ja das Weltall dazu, hat Platz im Kopf eines Kindes!

Da bekamen die Kinder glühende Wangen und rote Ohren, so stark war das Licht der Gedanken und Träume, das die Kinder von innen erleuchtete.

Die Kinder schauten, was sie wollten, selbst wenn sie die Augen geschlossen hielten! Und noch heute kann keiner von außen erkennen, was ein Kind gerade in seiner Seele schaut.

„Hör auf zu träumen!“, sagen die Erwachsenen, wenn ihr Kind mit abwesendem Blick nach innen schaut. Und wer weiß, wo sie dann gewesen sind: Die einen sind übers Meer geflogen und saßen doch am Mittagstisch! Die anderen sind auf den höchsten Gipfel der Welt gestiegen – und saßen doch auch die ganze Zeit über ihren Hausaufgaben. In der Stille der Gedanken erblühen die Bilder. Dann schweben wir hinaus in die unendliche Weite unserer Fantasie.

(verändert, gekürzt)

*Reinhardt Jung*

1. Warum sind die Regenwurmkinder mit den Amselaugen nicht zufrieden?

2. Wie kann ein Kind am Mittagstisch sitzen und doch über das Meer fliegen?

3. Erzählt euch von Reisen mit eurem inneren Auge. Was siehst du, was die anderen nicht sehen? Tauscht euch aus!

STOPP

## Hier ist Fantasie gefragt!

Gestern war ich im Schlumperwald.
O Gott, war das schrug!
Ich bin jetzt noch ganz zerbriselt davon.
Der Wald war so schlumper,
und alles war so schierlig,
und ich ganz allein mittendrin!
In der Ferne hab ich den Gmork
harruchzen gehört, und die Zirrelise
hat ganz grabl genötscht!
Und rund um mich sind die ganze Zeit
lauter kleine Zwinken herumgezirgelt,
dass mir ganz zimpel davon geworden ist. (gekürzt)

*Martin Auer*

1. Was stellst du dir vor, wenn du den Text liest?
Male ein Bild zum Text.

2. Denke dir einen Satz aus. Im Satz setzt du Fantasiewörter ein.
Zum Beispiel: Ich hurrle die Beng, um an den Schnorre zu kommen.
Lies den Satz vor und lass alle anderen Kinder eine Skizze dazu anfertigen. Was haben sie gemalt?

## Was passiert denn da?

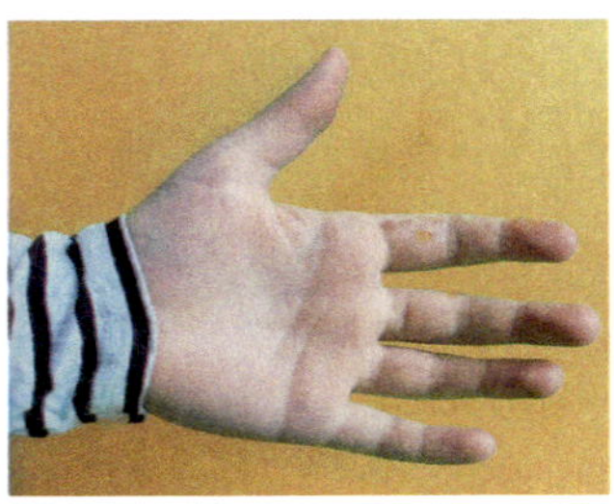

*Antje Damm*

3. Denke dir verschiedene Verwandlungen mit der Hand aus.
Um es festzuhalten, kannst du ein Foto machen lassen.



• kreativ mit Sprache umgehen
• Paralleltexte schreiben

## Ein Erzählspiel: Ist das wahr?

**Materialien:** großes Blatt, Stifte, einen Spielstein für jeden, Würfel

**Spielfeld erstellen:**

Jeder setzt seinen Spielstein auf das Blatt und malt ein Startfeld drum herum.

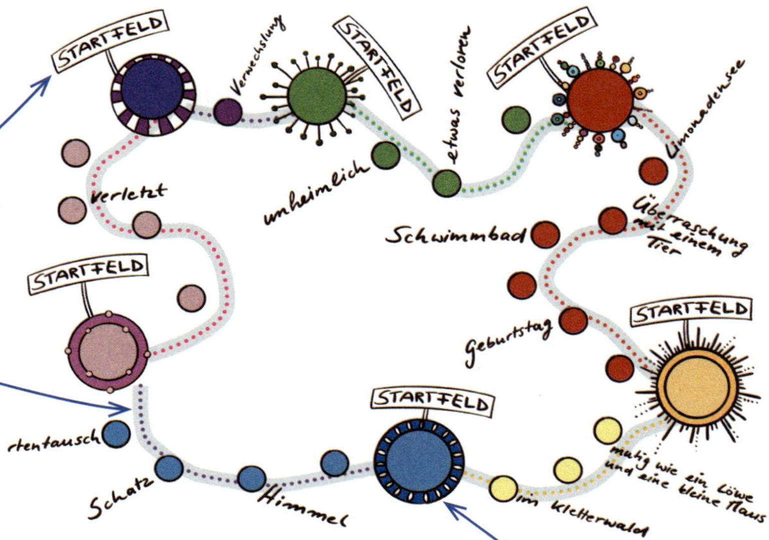


Dann zieht jeder eine Verbindungslinie zum linken Nachbarstartfeld.

Nun würfelt jeder einmal.

Auf dem Weg zum linken Startfeld werden so viele Stationen eingezeichnet, wie ihr Augen gewürfelt habt.

**Ablauf des Spiels:**

Ein Kind beginnt. Es würfelt und setzt seinen Spielstein auf das entsprechende Feld. Neben diesem Feld darf das Kind ein Stichwort schreiben, zu dem es eine kleine Geschichte erzählen möchte.
Die anderen müssen erraten, ob die Geschichte wahr oder erfunden ist. Wer richtig rät, bekommt einen Punkt.
Jeder, der auf dieses Feld kommt, erzählt auch eine Geschichte zu diesem Stichwort. Wer auf einem Startfeld landet, erzählt keine Geschichte.

Vereinbart vorher, wer anfängt und wie das Spiel endet: Zum Beispiel: Der älteste Spieler fängt an oder die jüngste Spielerin beginnt. Zum Beispiel: Wir spielen 20 Minuten oder wir spielen, bis jemand 5 Punkte hat.

• verschiedene Textsorten kennen aus dem Bereich pragmatischer Texte: Spielanleitungen

## Herbsthimmel

Herbsthimmel, du strahlst so grau,
dunkel und hell mischst du die Farben.
Dein Sonnenstrahl fällt auf die modrige Pfütze.
Herbsthimmel, du strahlst so grau,
dein Wind löst den rotbraunen Apfel vom Baum.
Er überholt das noch schwebende goldgelbe Blatt.
Herbsthimmel, du strahlst so grau,
dunkel und hell mischst du die Farben.

*Gerburg Kirsch*

## Schneekristall

Ein Schneekristall lag
mir auf der Hand, ewig schön,
eine Sekunde.

*Josef Guggenmos*

## Der Frühling

Mit duftenden Veilchen komm ich gezogen,
auf holzbraunen Käfern komm ich gebrummt,
mit singenden Schwalben komm ich geflogen,
auf goldenen Bienen komm ich gesummt.
Jedermann fragt sich,
wie das geschah:
Auf einmal
bin ich
da!

*Mascha Kaléko*

## Wiesenschätze

Barfuß gegangen
ein paar Halme gefangen
sie ragen aus Zehenzwischenräumen heraus
schön sieht das aus

*Lena Raubaum*

S. 178

## Der Herbst steht auf der Leiter

Der Herbst steht auf der Leiter
und malt die Blätter an,
ein lustiger Waldarbeiter,
ein froher Malersmann.

Er kleckst und pinselt fleißig
auf jedes Blattgewächs,
und kommt ein frecher Zeisig,
schwupp, kriegt der auch ’nen Klecks.

Die Tanne spricht zum Herbste:
Das ist ja fürchterlich,
die andern Bäume färbste,
warum färbste nicht mal mich?

Die Blätter flattern munter
und finden sich so schön.
Sie werden immer bunter.
Am Ende falln sie runter.

*Peter Hacks*

1. Warum kann man den Herbst als einen frohen Malersmann bezeichnen? Begründe.
2. Wer bekommt keinen Klecks vom Herbstmaler ab? Warum? Begründe.

• Vorlesetechniken und Techniken des Auswendiglernens nutzen

## Mein Drachen

Hui
Wie er saust
Hei
Wie er braust
Mein Drachen
Tolle Sachen
Kann er machen
Auf dem Kopf stehn
Und lachen
Seinen zotteligen
Zopfigen Schwanz drehn
Bärenstark rauschen
Oder ganz stille
Hoch oben
Am Himmel schweben
Als würde lauschen
Er einem Lied
Das leise ganz fern
Über den Himmel zieht
Titus
Mein Drachen
Kann lachen
Bei sonnigem Wetter
Ha Ha
Bei stürmischem Wetter
Ist er noch netter
Er zippelt und zappelt
Verdreht seinen Kopf
Er zuppelt und wackelt
Schwingt seinen Zopf
Geflochten aus Bändern
Und Schleifen
Schnell
Will ich ihn greifen
Zu spät!
Mein Titus entschwebt
Ist nur noch
Am Himmel
Ein silberner Streifen

*Rainer Hohmann*

1. Was für Sachen kann Titus machen? Nenne drei Beispiele.
2. Warum sieht man Titus am Ende nur noch als silbernen Streifen? Begründe.

## Grimm und Möhrchen machen ein Kartoffelfeuer

An einem Tag im September holte der Buchhändler Grimm mit einer großen Gabel Kartoffeln aus der Erde. Sein Freund Möhrchen, der Zesel, half ihm dabei. Er sammelte die Kartoffeln im Korb ein. Schnell war der Korb bis zum Rand gefüllt. Der kleine Zesel stutzte.
„Moment mal“, knurrte er, „Warum sind das so viele Kartoffeln? Ich weiß noch genau, dass wir im Frühling nur ein paar eingepflanzt haben.“
„So ist das bei Kartoffeln“, sagte Grimm. „Jede einzelne bekommt im Laufe des Sommers eine große Familie.“
„Das ist ja Zauberei!“, flüsterte Möhrchen.
„Und jetzt“, verkündete der Buchhändler, „machen wir uns die besten Kartoffeln der Welt.“
„Au ja! Bratkartoffeln!“, rief Möhrchen.
„Besser!“, sagte Grimm, „Heute gibt es Feuerkartoffeln! Direkt aus dem Kartoffelfeuer. Mit viel Butter und Salz.“
Grimm häufte die gelben Blätter und das trockene Stroh auf ein paar Holzscheiten zusammen und zündete sie an. Dann legte er ein paar Kartoffeln in die Glut. Jetzt mussten sie warten.

(verändert, gekürzt)

*Stephanie Schneider*

## Grimm und Möhrchen machen ein Kartoffelfeuer

An einem Tag im September holte der Buchhändler Grimm eine riesige Gabel aus dem Schuppen. Möhrchen riss die Augen auf. „Kommt heute etwa ein Riese zum Mittagessen?“ Grimm lachte. „Nein, diese große Gabel brauchen wir, um Kartoffeln zu ernten.“ Der Buchhändler grub mit der Gabel in der Erde und Möhrchen sammelte die Kartoffeln im Korb ein. Es dauerte nicht lange, da war der Korb bis zum Rand gefüllt. Der Zesel stutzte. „Moment mal! Warum sind das so viele? Ich weiß noch genau, dass wir im Frühling nur ein paar eingepflanzt haben.“ „So ist das bei Kartoffeln“, sagte Grimm. „Jede einzelne hat im Laufe des Sommers eine große Familie bekommen.“ „Das ist ja Zauberei!“, flüsterte Möhrchen. Der Buchhändler legte die Gabel zu Seite. „Und jetzt“, verkündete er, „machen wir uns die besten Kartoffeln der Welt.“ „Au ja! Bratkartoffeln!“, rief Möhrchen, denn das waren die leckersten Kartoffeln, die er kannte. „Besser“, sagte Grimm, „heute gibt es Feuerkartoffeln! Direkt aus dem Feuer und mit viel Butter und Salz.“ Grimm häufte die gelben Blätter und das trockene Stroh auf ein paar Holzscheiten zusammen und zündete sie an. Große Flammen züngelten in den Himmel. Als sie heruntergebrannt waren, legte er ein paar Kartoffeln in die Glut. Dann mussten sie warten.

(verändert, gekürzt) *Stephanie Schneider*

## Grimm und Möhrchen machen ein Kartoffelfeuer

An einem Tag im September ging der Buchhändler hinaus und holte eine riesige Gabel aus dem Schuppen. Möhrchen riss die Augen auf. „Kommt heute etwa ein Riese zum Mittagessen?“ Grimm lachte. „Nein, diese große Gabel brauche wir für die Ernte.“ Gemeinsam machten sie sich an die Arbeit.

Der Buchhändler grub mit der Gabel in der Erde und Möhrchen sammelte die Fundkartoffeln ein. Es dauerte nicht lange, da war der alte Korb bis zum Rand gefüllt mit kleinen und großen Knollen. Der kleine Zesel stutzte. „Moment mal“, knurrte er und kniff die Augen zusammen wie ein Detektiv. „Warum sind das so viele? Ich weiß noch ganz genau, dass wir im Frühling nur ein ganz paar eingepflanzt haben.“

„So ist das bei Kartoffeln“, sagte Grimm und buddelte weiter. „Jede einzelne hat im Laufe des Sommers eine große, neue Familie bekommen.“

„Das ist ja Zauberei!“, flüsterte Möhrchen.

Der Buchhändler legte die große Gabel zur Seite. „Und jetzt“, verkündete er, „machen wir uns die besten Kartoffeln der Welt.“

„Au ja! Bratkartoffeln!“, rief Möhrchen, denn das waren die leckersten Kartoffeln, die er kannte. „Besser“, sagte Grimm. „Rate mal.“

„Dann vielleicht Ratkartoffeln?“, versuchte es der Zesel noch einmal.

„Noch besser. Heute gibt es Feuerkartoffeln! Direkt aus dem Kartoffelfeuer und mit viel Butter und Salz.“

Grimm häufte die gelben Blätter und das trockene Kartoffelstroh auf ein paar Holzscheiten zusammen und zündete sie an. Große, pommesgelbe Flammen züngelten in den Septemberhimmel. Als sie heruntergebrannt waren, legte er ein paar Kartoffeln in die Glut. Dann mussten sie warten.

(verändert, gekürzt) *Stephanie Schneider*

1. Wieso konnten Grimm und Möhrchen im September viel mehr Kartoffeln ernten? Finde die Stelle im Text.

3. Wie macht man Feuerkartoffeln? Erkläre.

STOPP

- Informationen wiedergeben und einfache Schlussfolgerungen ziehen
- Aussagen mit Textstellen belegen

- LAH Fördern Inklusion A, S. 68, 69

**Sprichwörter mit Wind:**

ICH BIN ETWAS DURCH DEN WIND.

Du bist ein kleiner Wirbelwind.

Sie weiß gern,
aus welcher Richtung
der Wind weht.

Wer Wind sät,
wird Sturm ernten.

*Die Nachricht verbreitet sich schnell wie der Wind.*

Er macht viel Wind um nichts.

(verändert, gekürzt)

*Isabel Minhós Martins*

1. Welches Sprichwort gefällt dir am besten?
Begründe.

## Mitternachtsschmaus

Es ist tief in der Nacht. Der Wind weht um die verfallenen Burgmauern. Die Gespensterfamilie versammelt sich am Essenstisch. Es gibt Brei.

„Buh“, sagt der Gespenstervater.

„Buh“, sagt das älteste Gespensterkind.

„Buh“ sagt auch das zweitälteste Gespensterkind.

„Bäh“, sagt das jüngste Gespensterkind.

„Es heißt nicht bäh, es heißt buh!“, verbessert das älteste Gespensterkind.

„Bäh“, wiederholt das jüngste Gespensterkind und schiebt den Teller von sich weg. „Der Brei schmeckt nach gar nichts!“

Der Gespenstervater schaut mit ernstem Blick auf sein jüngstes Kind. „Meinst du etwa diesen leckeren Brei, für den ich die halbe Nacht in der Küche gestanden habe? Den ich sorgsam mit Staub, Asche und Ameisen gewürzt und den ich stundenlang gekocht, gestampft und gerührt habe? Meinst du diesen Brei?“

„Ja, genau. Den mein ich.“

„Und der schmeckt nicht?“

„Bäh!“

„Er kann ja auch gar nicht schmecken“, mischt sich das mittlere Gespensterkind ein. „Er fällt ja immer durch uns durch. Seht doch mal!“ Es steckt sich einen Löffel voll in den Mund. Der Brei fällt durch den Körper und landet klatschend auf dem Boden. Alle schauen nach unten.

„Der Brei wird aber trotzdem aufgegessen!“, bestimmt der Gespenstervater und haut mit der Faust durch den Tisch. „Sonst hab ich ja alles umsonst gekocht!“

Er nimmt die große Kelle und füllt allen noch einmal auf. Schweigend essen Vater und Kinder Löffel um Löffel, bis die Teller leer sind. Auf dem Boden ist nun ein einziger großer, klebriger See aus Brei.

• unter Anleitung Formen des szenischen Sprechens und Spielens planen und gestalten

„Bäh“, sagt das jüngste Gespensterkind. „Sieht voll gruselig aus“, sagt das älteste Gespensterkind. „Apropos gruselig“, sagt das mittlere Gespensterkind.

„Wann geht es eigentlich los?“ „Wann geht was los?“, fragt der Gespenstervater. „Das Gruseln! Wir sind doch Gespenster!“ Der Gespenstervater schaut auf seine weißen, durchsichtigen Kinder und nickt. „Aber natürlich, du hast recht! Nach der Mahlzeit wird gegruselt! Ein bisschen Bewegung wird uns guttun! Kommt!“ Die Gespenster steigen in die Luft, umkreisen die Burgmauern und schweben durch die Nacht. Von fern schlägt zwölfmal die Kirchturmuhr. Und dann hört man die schauerlichen Stimmen der Gespenster im Wind heulen. Zuerst heult der Gespenstervater: „Buh!“ Dann das älteste Gespensterkind: „Buh!“ Dann das zweitälteste Gespensterkind: „Buh!“ Und dann…? „Buuuuh!“, heult das jüngste Gespensterkind lauter als alle anderen. „Na, also“, sagt der Gespenstervater, „geht doch!“ Zufrieden gruselt er mit seinen Kindern durch die Geisterstunde.

*Jens Rassmus*

(gekürzt)

1. Warum sagt das junge Gespenst „Bäh“ und nicht „Buh“? Erkläre.
2. Wie kommt es dazu, dass der Gespensterbrei auf dem Boden landet? Erkläre.
3. Warum ist der Gespenstervater am Ende zufrieden? Begründe.

*Antje Damm*

## Finn und Frieda wecken den Winter

Finn betrachtete die blühenden Blumen und murmelte: „Seit wann blühen Gänseblümchen und Schneeglöckchen zur selben Zeit?“

„… neuerdings?“, meinte Frieda zögernd.

„Sollte jetzt nicht Schnee liegen?“, fragte Finn zurück.

„Die Schneeglöckchen würden mit den Köpfen oben rausgucken. Das wäre schön, oder?“

„Das wäre Winter“, meinte Frieda.

„Alles wäre weiß!“ Finn breitete die Arme aus. Er wedelte herum, als könnte er es schneien lassen wie Frau Holle. Frieda schaute auf einen grasbewachsenen Hügel. Im Sommer konnte man dort prima hinunterrollen und bei Schneefall wurde er zu einem winzigen Rodelberg. Sie streckte die Zunge aus dem Mund.

„Was soll das?“, murrte Finn. Seine Schwester schaute ihn verträumt an. „Ich stelle mir vor, wie ich mit der Zunge eine Schneeflocke auffange.“

„Ach so.“ Finn duckte sich blitzschnell. Er steckte ebenfalls die Zunge heraus und rief: „Ätsch, daneben!“

Frieda schaute ihn fragend an.

„Ich stellte mir eine Schneeballschlacht vor“, sagte Finn.

„Endlich wieder Schlitten fahren …“, meinte Frieda.

„Endlich wieder einen Schneemann bauen … Aber vielleicht sind Schneemänner für immer ausgestorben.“ Finn gefiel die Vorstellung nicht, dass nach den Dinosauriern und Mammuts nun die Schneemänner mit Aussterben dran waren. Er schaute seine Schwester entschlossen an: „Wir werden etwas unternehmen.“

„Und was?“, fragte Frieda.

„Ganz einfach“, erwiderte Finn. „Wir werden den Winter … äh …“

„… suchen?“, schlug Frieda vor. „Nein“, sagte Finn, „Suchen ist zwecklos. Wahrscheinlich hat der Winter nicht mitbekommen, dass es längst Zeit für ihn ist. Genau! Das ist es: Der Winter hat verpennt! Wir müssen ihn wecken!“

(verändert, gekürzt)

*Martin Klein*

(1) Finn und Frida stellen sich den Winter vor.
Was gehört für sie zum Winter dazu? Beschreibe.

(2) Was meint Frieda mit dem Satz: „Aber vielleicht sind Schneemänner für immer ausgestorben.“ Erkläre.

(3) Schaue dir die Schneemannbilder an. Wie wurde aus der Pfütze ein Schneemann? Erkläre.

# Drei Weihnachtsspuren

## Weihnachtliche Spuren

Adventstürchen öffnen sich.
Wichtel werkeln im Winterhaus.
Düfte umhüllen die Küche.
Adventstürchen öffnen sich.
Lichterschmuck funkelt am Fenster.
Klänge tönen aus heimlichen Verstecken.
Adventstürchen öffnen sich.
Wichtel werkeln im Winterhaus.

*Gerburg Kirsch*

## Freudiger Winterduft

Schnee
und Tannenduft
fliegen durch die Luft.
Apfelpunsch und Schokoschmaus,
Plätzchen backen, Walnüsse knacken,
Orangenschalen, Zimt am Lebkuchenhaus.
Wir riechen, schmecken, alles duftet fein und lädt
zum
Freuen
ein.

## Tierweihnacht

Das Eichhorn feiert
Weihnachten mit Nüssen,
mit vielen Nüssen,
irgendwo im Baum.
Forellen schießen Purzelbaum
in Flüssen.
Das Murmeltier träumt
einen Sommertraum.

Die Krähe krächzt:
Recht gute Feiertage!
Die kleinen Spatzen zwitschern:
Recht viel Spaß!
Der Uhu macht wie stets
die Nacht zum Tage
und fängt die Maus
als Weihnachtsabendfraß.

Der Eisbär auf dem Eisberg
winkt den Vögeln.
Der Braunbär dreht sich
wohlig um im Bau.
Die Möwen, die im Winterwinde
segeln, fangen zum Fest sich
einen Kabeljau.

Die Unke übt ein
freundliches Gemunkel,
der Käfer hockt vergnügt
im warmen Mist,
und manches Schaf
erinnert sich ganz dunkel,
dass dieses Fest
der Tag der Hirten ist.

Die schwankenden Kamele
in der Wüste erzählen sich
beim Lagern irgendwo,
dass einst ein Kindchen
die Kamele grüßte,
das auf dem Esel
nach Ägypten floh.

Nur Ochs und Esel stehen
an den Seiten der Futterkrippe
ganz versunken da.
Sie wissen, was vor langen,
langen Zeiten an einer Krippe
unterm Stern geschah.

*James Krüss*

1 Vergleicht eure Gedichte. Was ist das Besondere an deinem Gedicht? Tauscht euch aus.

2 Suche ein Gedicht aus und trage es alleine oder mit anderen vor.

STOPP

• LAH Fördern Inklusion A, S. 70, 71

• Gedichte vergleichen
• Vorlesetechniken und Techniken des Auswendiglernens nutzen

## Alle Jahre wieder

Alles ist vorbereitet, wie jedes Jahr. Selbst gebastelte Sterne an den Fenstern, selbst gebackene Plätzchen in den Schalen. Vierundzwanzigstes Türchen geöffnet, vierte Kerze angezündet. Und natürlich den Wunschzettel abgeschickt. Gemeinsam checken Lena und Josh ein letztes Mal den Raum. Die große Tanne steht im Ständer. Das Schmücken des Baumes gehört zum Aufgabenbereich des Christkinds, genau wie das Ablegen der Geschenke.

Als Nächstes müssen Lena und Josh spazieren gehen. Das Christkind ist extrem scheu und kommt nur, wenn es sicher sein kann, nicht gesehen zu werden. Mama hat keine Lust auf frische Luft und geht lieber zu den Nachbarn, einen Glühwein trinken. Wie jedes Jahr. Im Dunkeln laufen Papa, Josh und Lena hintereinander her. Papa will durchs Naturschutzgebiet wie jedes Jahr. Er will kurz bei der Vogelschutzwarte vorbeischauen.

„Ich habe gestern ein seltsames Exemplar gefunden. Saß mit verletztem Flügel in der Heide. Ziemlich groß. Fast wie ein Albatros. Oder eine Riesentrappe …“ „Oder ein Riesenhöcker-Trappatros“, flüstert Lena, und Josh lacht. Im Gebäude der Vogelschutzwarte sitzt der Trappatros in der Ecke. Er kehrt ihnen den Rücken zu und hat seinen Kopf unter den weißen Flügeln verborgen.

„Bis ich weiß, was es ist, behalte ich dieses seltsame Exemplar erst einmal hier“, sagt Papa. Lena und Josh interessieren sich gerade nicht für kranke Trappatrosse. Sie sind dermaßen aufgeregt wegen der bevorstehenden Bescherung.

Als sie nach Hause kommen, steht Mama mit einem Glöckchen in der Hand vor der geschlossenen Wohnzimmertür. Sie singen *Alle Jahre wieder*, noch im Flur.

Dann läutet Mama das Glöckchen. Papa öffnet die Tür, und die Kinder stürmen hindurch.

Sie bremsen in der Mitte des Raums und stehen wie vom Donner gerührt. „Das ist echt komisch“, sagt Lena.

Da ist nämlich gar nichts. Kein Baumschmuck, keine brennenden Kerzen, keine Geschenke. Das Wohnzimmer sieht genauso aus wie vorher, nur trostloser. Lena meint, dass das Christkind wegen der neuen Kinder im Dorf mehr zu tun hat und sich verspätet.

„Total unlogisch“, sagt Josh. „Vielleicht muss es andere Routen fliegen, wegen Klimawandel und so.“

Sie bestehen darauf, über Nacht das Wohnzimmerfenster offen zu lassen. Am nächsten Morgen – nichts.

Am Nachmittag sagt Lena: „Ich rufe jetzt die anderen an.“

„Hey Finn. Bei dir? Nichts. Bei uns auch nicht. Hallo, Emily. Bei euch? Keine Geschenke, kein Baumschmuck, nichts. Bei Benny auch Fehlanzeige, mit dem hat Finn schon gesprochen. Pia? Tom? Die haben was gekriegt. Aber bei denen kommt der Weihnachtsmann.“ „Krass“, sagen die Kinder. „Das ist echt krass.“

Mitten in der Nacht wacht Josh auf. Er hat etwas Komisches geträumt. Von einer weißen Gestalt, die am Boden hockte. Ein schrecklich trauriger Anblick. Er schüttelt Lena, bis sie wach ist. „Lena!“, ruft er. „Das Exemplar!“ „Was?“, murmelt Lena verschlafen. „Der Trappatros!“

(gekürzt)

*Juli Zeh*

1. Was denken Lena und Josh darüber, was die Aufgabe des Christkindes ist? Finde die Stelle im Text.

2. Warum ruft Lena die anderen Kinder an? Erkläre.

3. Warum ruft Josh am Ende: „Der Trappatros!“? Überlege.

## Der alte Igel

Der alte Igel saß ganz behaglich vor seinem Hagebuttenpunsch, plötzlich, während die Uhr eben die letzte Stunde des alten Jahres einschlug, sprang er hoch und rief: „Wie konnte ich das vergessen!“
Die Igelin, seine Frau, fragte: „Was denn?“
Der Igel sagte: „Ach, es ist zum Stachelnausraufen! Ich habe dem Siebenschläfer fest versprochen, ihn zu Neujahr am Ohr zu rupfen. Er hält Winterschlaf und würde es mir nie verzeihen, wenn ich ihn nicht aufwecken würde. Hol mir die Stiefel heraus, ich muss sofort hin.“
Die Igelin sagte: „Aber das hat keine Vernunft. Der Siebenschläfer wohnt am andern Ende des Waldes und in einer Stunde kommst du nie hin mit deinen Watschelbeinen.“
Da hatte sie Recht, und sie überlegten, was zu tun sei.
Da kam die Maus vorübergelaufen.
Der Igel sagte zu ihr: „Tu mir den Gefallen, lauf schnell zum Siebenschläfer und rupf ihn am Ohr. Ich habe ihm fest versprochen, ihn vor dem neuen Jahr aufzuwecken.“

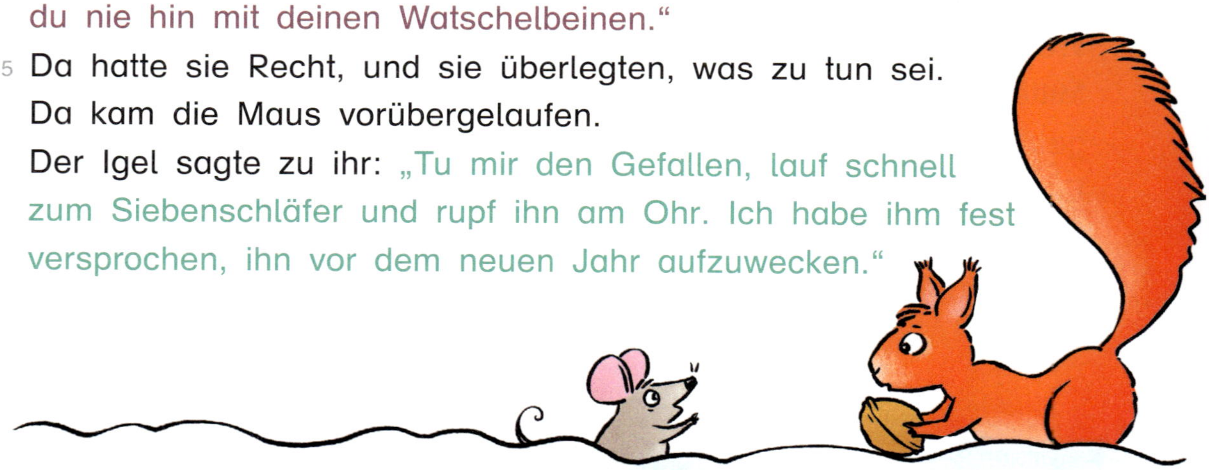

Die Maus lief davon.
Aber der Schnee lag tief und die Wege waren versperrt von hohen Bergen. Die Maus sagte zu sich: „Nein, ich komme nicht zurecht!“
Da saß das Eichhörnchen auf dem Baum.
Die Maus sagte zu ihm: „Ach liebes Eichhörnchen, tu mir den Gefallen, spring schnell zum Siebenschläfer und rupfe ihn am Ohr. Der Igel hat ihm fest versprochen, ihn vor dem neuen Jahr aufzuwecken, und ich habe es dem Igel versprochen.“

Das Eichhörnchen tat, worum es die Maus gebeten hatte. Aber die Äste waren mit Eis bedeckt und die Tannenwipfel wollten sich vor Frost nicht biegen.
Da sagte das Eichhörnchen zu sich: „Nein, ich komme nicht zurecht!“
Da hockte neben ihm der Kauz.
Das Eichhörnchen sagte voller Freude: „Ach lieber Kauz, tu mir den Gefallen, flieg schnell zum Siebenschläfer und rupfe ihn am Ohr. Der Igel hat ihm fest versprochen, ihn vor dem neuen Jahr aufzuwecken, und die Maus hat es dem Igel versprochen und ich es der Maus.“

Da flog der Kauz, so schnell er konnte, durch die Luft davon. Und als er, ganz außer Atem, eben um zwölf am Nest des Siebenschläfers ankam, rupfte er ihn am Ohr und rief:
„Wach auf, wach auf, Siebenschläfer, das neue Jahr ist da!“
Da wachte der Siebenschläfer auf.
Er war glücklich und sagte: „Wie wunderschön, da kann ich noch ein ganzes Vierteljahr schlafen.“
Er drehte sich sogleich auf die andere Seite und schlief wieder ein.

(verändert, gekürzt)

*Peter Hacks*

1. Warum sagt der Igel in der Geschichte: „Ach, es ist zum Stachelausraufen!“? Begründe.
2. Worum bittet das Eichhörnchen den Kauz? Finde die Stelle im Text.
3. Was passiert am Ende der Geschichte Überraschendes? Erzähle.

• Aussagen mit Textstellen belegen
• zentrale Textaussagen wiedergeben, wertende Einschätzung zum Text abgeben

# Dreimal Löwenzahn

## Verblühter Löwenzahn

Wunderbar
stand er da im Silberhaar.
Aber eine Dame,
Annette war ihr Name,
machte ihre Backen dick,
machte ihre Lippen spitz,
blies einmal, blies mit Macht,
blies ihm fort die ganze Pracht.
Und er blieb am Platze
zurück mit einer Glatze.

*Josef Guggenmos*

## Löwenzahnhonig

Nimm drei Hände Löwenzahnblüten und wasche sie unter fließendem Wasser ab. Gib die Blüten in einen großen Topf. Lege zwei in Scheiben geschnittene Biozitronen mit in den Topf. Gib nun zwei Liter Wasser dazu. Lass alles zusammen 15 Minuten kochen. Jetzt musst du es 24 Stunden lang ruhen lassen.

Am nächsten Tag gießt du alles durch ein Küchenhandtuch in einen anderen Topf, sodass man eine gelbe, klare Flüssigkeit erhält. Die Flüssigkeit erwärmst du mit 1,5 Kilogramm Zucker und kochst sie bei kleiner Hitze ein. Das kann bis zu fünf Stunden dauern – du musst zwischendurch immer wieder umrühren. Das ist wichtig. Nach und nach entsteht ein Sirup, den du dann heiß in kleine Gläser füllst. Schraube einen Deckel drauf und lass den Sirup kalt werden.

Fertig! Guten Appetit!

## Der Löwenzahn

Der Name Löwenzahn kommt aus der lateinischen Sprache. Da heißt er *Leontodon*. *Leo* bedeutet Löwe und *dens* bedeutet Zahn. Beim Löwenzahn sind die gelben Blütenblätter gezähnt und auch die Blätter haben kleine Zähne. Der gewöhnliche Löwenzahn hat auch noch andere Namen: Pusteblume, Kuhblume, Butterblume oder Kettenblume.

Der Löwenzahn blüht im April und Mai und oft noch mal im späten Sommer. Es gibt aber auch einen Herbstlöwenzahn. Er blüht von Juli bis September auf Wiesen und Weiden. Der Stängel des Löwenzahns trägt mehrere Blüten. Das Blütenkörbchen ist gelb. Der Stängel ist hellgrün und die Blätter sind dunkelgrün. Das Pustekörbchen sieht weiß aus. Die Samen im Pustekörbchen sind braun. Der Stängel und die Blätter enthalten einen weißen Milchsaft. Er hinterlässt braune Flecken auf der Haut. Die Wurzeln vom Löwenzahn wachsen sehr tief in die Erde hinein. Junge Löwenzahnblätter schmecken gut als Salat. Aus der Löwenzahnpflanze kann man auch Heilmittel herstellen.

1. Was kann man mit Löwenzahn machen? Tauscht euch aus. S. 172
2. Welche Textsorte hast du gelesen? Woran hast du das erkannt? Begründe.
3. Sammelt Löwenzahnblumen, stellt sie in ein Wasserglas und schaut, was in den nächsten Tagen passiert.

## Der Frühlingsschrei

Und dann brach der Frühling wie ein Jubelschrei über die Wälder um die Mattisburg herein. Der Schnee schmolz. In Strömen rann er von allen Bergwänden herab und suchte sich den Weg zum Fluss. Und der Fluss brauste und schäumte mit allen seinen Strudeln und Wirbeln und sang ein wildes Frühlingslied, das nie verstummte.
Der lange, schreckliche Winter war vorüber. Die Wolfsklamm war schon lange schneefrei. Dort floss jetzt ein rauschender Bach.
Mattis und seine Räuber ritten eines Morgens im Frühling durch den engen Pass. Sie sangen und pfiffen, während sie ritten.
Hoho, jetzt begann endlich wieder das herrliche Räuberleben!
Und endlich konnte auch Ronja wieder in den Wald, nach dem sie sich so sehr gesehnt hatte. Mattis war unerbittlich gewesen, er hatte sie nicht aus der Burg gelassen.
Der Vorfrühlingswald sei voller Gefahren, behauptete er.
Und erst als es für ihn selbst an der Zeit war, mit seinen Räubern auszuziehen, ließ er auch sie hinaus.
„Dann lauf“, sagte er. „Aber dass du mir nicht in einem tückischen Tümpel ersäufst!“
„Doch, das werd ich tun“, sagte Ronja. „Damit du endlich was zum Zetern hast.“
Mattis sah sie betrübt an. „Ach, Ronjakind“, sagte er mit einem Seufzer. Dann schwang er sich in den Sattel und verschwand mit seinen Räubern.
Ronja stürmte hinterher.
Auch sie sang und pfiff, als sie durch das kalte Wasser des Bachs watete. Und dann lief sie, lief und lief bis zum Weiher.
Und dort war Birk. Wie er es versprochen hatte. Er lag ausgestreckt auf einer Felsplatte in der Sonne. Ronja wusste nicht, ob er schlief oder wach war. Sie nahm einen Stein und warf ihn ins Wasser, um festzustellen, ob er das Plumpsen hörte.
Er hörte es, und er sprang auf und kam ihr entgegen.

„Ich warte schon lange“, sagte er, und wieder spürte sie, wie die Freude in ihr aufflammte, die Freude darüber, dass sie einen Bruder hatte, der sie erwartete.

Und hier war sie nun und hatte sich kopfüber in den Frühling gestürzt. So herrlich war er um sie herum, ja, auch sie selber war ganz erfüllt von seiner Herrlichkeit, und sie schrie wie ein Vogel, laut und gellend.

„Ich muss einen Frühlingsschrei schreien, sonst zerspringe ich. Hör doch! Du hörst doch wohl den Frühling?“

Eine Weile standen sie schweigend da und lauschten dem Zwitschern und Rauschen, dem Brausen und Singen und Plätschern im Wald. Alle Bäume und alle Wasser und alle grünen Büsche waren voller Leben, von überall her erscholl das starke, wilde Lied des Frühlings.

„Hier stehe ich und spüre, wie der Winter aus mir herausrinnt“, sagte Ronja. „Bald bin ich so leicht, dass ich fliegen kann.“

*Astrid Lindgren*

(1) Was machen Mattis und seine Räuber, als der Frühling beginnt? Finde die Stelle im Text.

(2) Woran merkt Ronja, dass der Frühling beginnt? Erkläre.

(3) Warum muss Ronja ihren Frühlingsschrei schreien? Begründe.

(4) Ging es dir auch schon einmal wie Ronja? Tauscht euch aus.

- Aussagen mit Textstellen belegen
- eigene Gedanken formulieren und zu Texten Stellung nehmen

## Frühlingserwachen

Das kleine Bären-Mädchen Scout schaute auf den Eingang der Bärenhöhle. Dort sah sie Tropfen auf der Eisscheibe. „Was'n das?“, quiekte ihr Bruder Way. Scout leckte über das Eis und blieb mit der Zunge daran kleben. „Eeeeh“, rief sie. „Iff hnn fss.“ Sie kratzte an der Scheibe und zog an ihrer Zunge. Aber sie blieb am Eis kleben. „Hff mü!“, brüllte Scout. Ihr Bruder nahm Anlauf und rannte gegen die Scheibe. Er prallte ab und landete auf seinem Hinterteil. „Auaaa!“ Von dem Schrei wachte die Bärenmama Lida aus ihrem Winterschlaf auf. Sie blinzelte und versuchte zu begreifen, was passiert war. Keines ihrer Jungen schien verletzt zu sein. Langsam stand Lida auf. Sie ging auf ihre Tochter zu und beugte den Kopf ganz dicht an Scouts kleines Gesicht. Da verstand sie, was passiert war. Lida leckte mit ihrer großen, warmen Zunge über das Eis, bis ein kleines Loch zu sehen war. Endlich konnte Scout ihre Zunge losreißen. Lida blickte ihren Sohn Way an, der auf seinem Po saß und leise wimmerte. Sie sah Scout an, die mit beiden Pfoten über ihr Maul rieb. Das waren also ihre Kinder. Sie seufzte. Da hatte sie noch verdammt viel Arbeit vor sich … „Hm“, brummte Lida und ging auf die Eiswand zu. „Zeit für den Frühling.“ Und mit einem gewaltigen Hieb ihrer Pranke zerbrach sie die Wand in tausend Scherben.

## Frühlingserwachen

Das kleine Bären-Mädchen Scout schaute auf die Wassertropfen auf der Eisscheibe vor dem Eingang ihrer Höhle. „Was'n das?", quiekte ihr Bruder Way. Scout leckte über das Eis und blieb mit der Zunge daran kleben. „Eeeeh", rief sie überrascht. „Iff hnn fss." Scout kratzte an der Scheibe und zog und zerrte an ihrer Zunge – vergeblich, die blieb am Eis kleben. „Hff mü!", brüllte Scout. Ihr Bruder nahm Anlauf und rannte gegen die Scheibe. Er knallte dagegen und landete auf seinem Hinterteil. „Auaaa!" Durch den Schrei ihres Sohnes wachte die Bärenmama Lida aus ihrem Winterschlaf auf. Sie blinzelte ins Licht und versuchte zu begreifen, was passiert war. Keines ihrer Jungen schien verletzt zu sein. „Mm-mm", quiekte Scout außer sich und riss an ihrer Zunge. Langsam und mühsam stand Lida auf. Die Bärin beugte den Kopf ganz dicht an Scouts kleines Gesicht und verstand, was passiert war. Lida leckte mit ihrer großen, rauen und warmen Zunge übers Eis, bis sie ein kleines Loch ausgeschleckt hatte. Endlich konnte Scout ihre Zunge losreißen. Lida blickte ihren Sohn Way an, der auf dem Hintern saß und leise wimmerte. Sie sah Scout an, die mit beiden Pfoten über ihr Maul rieb, um ihre Zunge aufzuwärmen. Das war also ihr Nachwuchs. Sie seufzte. Da hatte sie noch verdammt viel Arbeit vor sich … „Hm", brummte Lida und wandte sich der Eiswand zu. „Zeit für den Frühling." Und mit einem gewaltigen Hieb ihrer Pranke zerbrach sie die Wand in tausend Scherben.

## Frühlingserwachen

Fasziniert beobachtete das kleine Bären-Mädchen Scout, wie sich an der Innenseite der Eisscheibe vom Eingang ihrer Höhle einzelne Tropfen lösten. „Was'n das?", quiekte ihr Bruder Way. Beherzt leckte Scout über das Eis und blieb mit der Zunge daran kleben. „Eeeeh", rief sie überrascht. „Iff hnn fss." Scout kratzte an der Scheibe und zog und zerrte an ihrer Zunge – vergeblich, die blieb am Eis kleben. „Hff mü!", brüllte Scout.

Ihr Bruder nahm Anlauf und rannte gegen die Scheibe. Er knallte dagegen, prallte ab und landete auf seinem Hinterteil. „Auaaa!"

Durch den Schrei ihres Sohnes wachte die Bärenmama Lida aus ihrem Winterschlaf auf. Sie blinzelte ins Licht und versuchte zu begreifen, was passiert war. Keines ihrer Jungen schien verletzt zu sein. „Mm-mm", quiekte Scout außer sich und riss an ihrer Zunge. Langsam und mühsam stand Lida auf. Sie trottete auf ihre Tochter zu und betrachtete die Situation. Die Bärin beugte den Kopf ganz dicht an Scouts kleines Gesicht und verstand, was passiert war. Lida leckte mit ihrer großen, rauen und vor allem warmen Zunge übers Eis, bis sie ein kleines Loch ausgeschleckt hatte.

Endlich konnte Scout ihre Zunge losreißen. Lida blickte ihren Sohn Way an, der auf dem Hintern saß und leise wimmerte. Sie sah Scout an, die mit beiden Pfoten über ihr Maul rieb, um ihre Zunge aufzuwärmen. Das war also ihr Nachwuchs. Sie seufzte.

Da hatte sie noch verdammt viel Arbeit vor sich …

„Hm", brummte Lida und wandte sich der Eiswand zu. „Zeit für den Frühling." Und mit einem gewaltigen Hieb ihrer Pranke zerbrach sie die Wand in tausend Scherben.

(verändert, gekürzt) *Vanessa Walder*

1 Wie möchte der kleine Bruder helfen? Finde die Stelle im Text.

– S. 174

2 Warum hat die Bärenmutter noch viel Arbeit vor sich? Begründe.

STOPP

- Aussagen mit Textstellen belegen
- eigene Gedanken formulieren und zu Texten Stellung nehmen

# Ein besonderer Fund

Göttingen: Am Tag nach den Osterferien staunten die Kinder der 3b aus der Steinschule nicht schlecht. Als sie die Tür zum Gerätehaus im Schulgarten öffneten, entdeckten sie ein Nest im Regal hinter den Gartenwerkzeugen. Es war das Nest eines Gartenschläfers, der sich das Gerätehaus wohl während der Ferien als Nistplatz erobert hatte. Gartenschläfer zählen zu den bedrohten Tierarten. Sie gehören zur Familie der Bilche wie Haselmäuse und Siebenschläfer. Die Kinder reagierten vorbildlich. Sie fassten das schlafende Tier nicht an und holten Hilfe. Ihre Lehrerin rief beim Bund der Naturfreunde an.

Diese erklärten, man solle das Tier an Ort und Stelle lassen, da es ansonsten in Gefahr geraten könnte. Kurzerhand beschloss die Schulleitung, das Gerätehaus bis zum Ende der Nistzeit nicht mehr zu nutzen. Glück für den kleinen Gartenschläfer!

1. Was erfährst du über den Gartenschläfer? Erzähle.
2. Finde weitere Informationen über den Gartenschläfer. Recherchiere.
3. Welche Aufgaben hat der Bund der Naturfreunde? Vermute.
4. Warum soll man Wildtiere nicht anfassen? Begründe.

# Drei Tage im Sommer

## Midsommerfest

Das Midsommerfest (auf Schwedisch: Midsommar) wird in Schweden immer am Samstag zwischen dem 20. und 26. Juni gefeiert. Es ist die Zeit der Sommersonnenwende. Diese Nacht ist die kürzeste Nacht des Jahres. In Skandinavien ist das noch mal ganz besonders. Die Sonne geht hier gar nicht unter. An Midsommar tragen die Frauen Blumenschmuck im Haar. Es gibt auch eine Midsommerstange. Das ist ein hoher Pfahl, der mit Blumen, Blättern und Zweigen geschmückt ist. Die Midsommerstange wird auf dem Festplatz aufgebaut. Es werden Lieder gesungen, die Menschen reichen sich die Hände und tanzen.

## Siebenschläfertag

Die Bauern beobachten das Wetter immer ganz genau. Sie sind bei ihrer Arbeit vom Wetter abhängig. So haben sie schon vor langer Zeit gemerkt, dass es bestimmte Tage im Jahr gibt, an denen man das Wetter vorhersagen kann. Ein solcher Tag ist auch der Siebenschläfertag. Er ist jedes Jahr am 27. Juni. Nach einer alten Bauernregel können wir glauben, dass das Wetter an diesem Tag auch für die nächsten sieben Wochen so bleiben wird. Um ihr Wissen weiterzugeben, haben sich die Bauern dann Reime ausgedacht. „Das Wetter am Siebenschläfertag sieben Wochen bleiben mag.“

Oder auch: „Wie's Wetter am Siebenschläfertag, so der Juli werden mag." Aber woher kommt nun ausgerechnet der Name Siebenschläfer? Es gibt ein Tier, das Siebenschläfer heißt. Hat er den Bauern einen Tipp gegeben? Wir wissen es nicht! Es wird gesagt, dass diese Bauernregel sehr häufig stimmt. Du kannst es ja selbst testen!

## Mermaid Parade (Meerjungfrauenparade)

Seit 1983 gibt es im Juni in den USA auf Coney Island die Mermaid Parade. Um den längsten Tag des Jahres herum, kurz bevor der New Yorker Sommer am heißesten ist, sind auf Coney Island die Meergeister los. Gefeiert wird alles, was mit dem Meer zu tun hat. Auf der großen Parade in Coney Island trifft man deswegen allerhand Menschen in selbst entworfenen Kostümen – als Meerjungfrauen, Neptune, Leuchtturm, Yacht oder Delfin. Angeführt wird der lustige Umzug von einem prominenten König Neptune oder einer Königin der Meerjungfrauen (auf Englisch: mermaid). Sie eröffnen die Badesaison. Dabei läuft der König oder die Königin auf der Strandpromenade durch vier Farbbänder, die die vier Jahreszeiten symbolisieren. Anschließend werfen sie Früchte ins Meer, um die Seegötter gut zu stimmen. Es ist eine große Party mit Musik, Tombola und witzigen Shows.

1. Lies einen Text. Tauscht euch aus.
   Was wird an dem besonderen Sommertag gemacht? Beschreibe.
2. Was machst du gerne im Sommer? Erzähle.
3. Welchen Tag würdest du gerne miterleben? Begründe.

STOPP

- Aussagen mit Textstellen belegen
- eigene Gedanken formulieren und zu Texten Stellung nehmen

## Sommergedicht

Ich bin der Sommer.
In erbsengrünen Hosen und kirschrotem Wams
ziehe ich lustig einher.
Heb ich den Finger, blühn Rosen.
Heb ich die Hand, rauscht die Welle im Meer.
Spiel ich die Flöte, tanzt der Delfin,
duftet's nach Wiesengrün und Jasmin.

*Mascha Kaléko*

1. Wie sieht der Sommer in diesem Gedicht aus? Male.
2. Schreibe ein eigenes Sommergedicht.
   Was passiert in deinem Gedicht?

- kurze literarische Texte auswendig vortragen
- Texte schreiben: Gedicht

## Im Freibad

Kolja und seine Freunde treffen sich im Freibad. Die Sonne brutzelt vom Himmel und es ist ein herrlicher Sommertag. Alle freuen sich schon auf ein gemeinsames Picknick. „Kommt, da ist noch ein toller sonniger Platz in der Nähe des Volleyballfeldes!“, sagt Ines, die gerne Ball spielt. Calina, Kolja und Tommaso sind einverstanden. Sie breiten ihre Handtücher und ihren Proviant aus. Es gibt Kuchen, belegte Brote, Äpfel und sogar einen Nudelsalat von Calinas Vater. „Boah, jetzt bin ich aber satt“, stöhnt Kolja. „Ich muss mich mal ’ne Runde ausruhen.“

„Ach Quatsch!“, ruft Calina. „Jetzt gehen wir erst mal zur Rutsche und zum Sprungbrett!“ Kolja ist überredet und die Kinder rennen zur Rutsche. Dort herrscht ein Getümmel und am Sprungturm gibt es sogar eine Schlange zum Anstellen. „Puh, ist das heiß“, meint Ines. „Das dauert mir hier zu lange. Ich springe schon mal ins Wasser!“ Ines springt ins kalte Wasser und die anderen springen hinterher. Nach einer Weile möchte Calina endlich Volleyball spielen. Die Idee finden alle gut. Sie schnappen sich den Ball. Doch dann jammert Kolja: „Irgendwie ist mir schlecht. Ich glaube, ich gehe mal aufs Klo.“ Auch Calina, Tommaso und Ines sind plötzlich schlapp und gehen zu ihren Handtüchern zurück. Auf einmal steht Kolja wieder da. Er sieht ziemlich mitgenommen aus. „Leute, mir ist voll schlecht. Und mein Kopf tut mir auch weh. Ich glaub, ich gehe nach Hause.“ „Wie doof! Dann begleiten wir dich“, schlägt Tommaso vor. Als Ines ihre Sachen packt, fühlt sie etwas in ihrer Badetasche. Es ist eine Flasche. „Mist!“, sagt sie. „Das hatte ich ja total vergessen!“

*Susanne Goralsky*

1. Wo legen sich die Kinder hin? Finde die Stelle im Text.
2. Beachten die Kinder die Regeln im Schwimmbad? Begründe.

# Wenn die Tiere schwimmen gehn

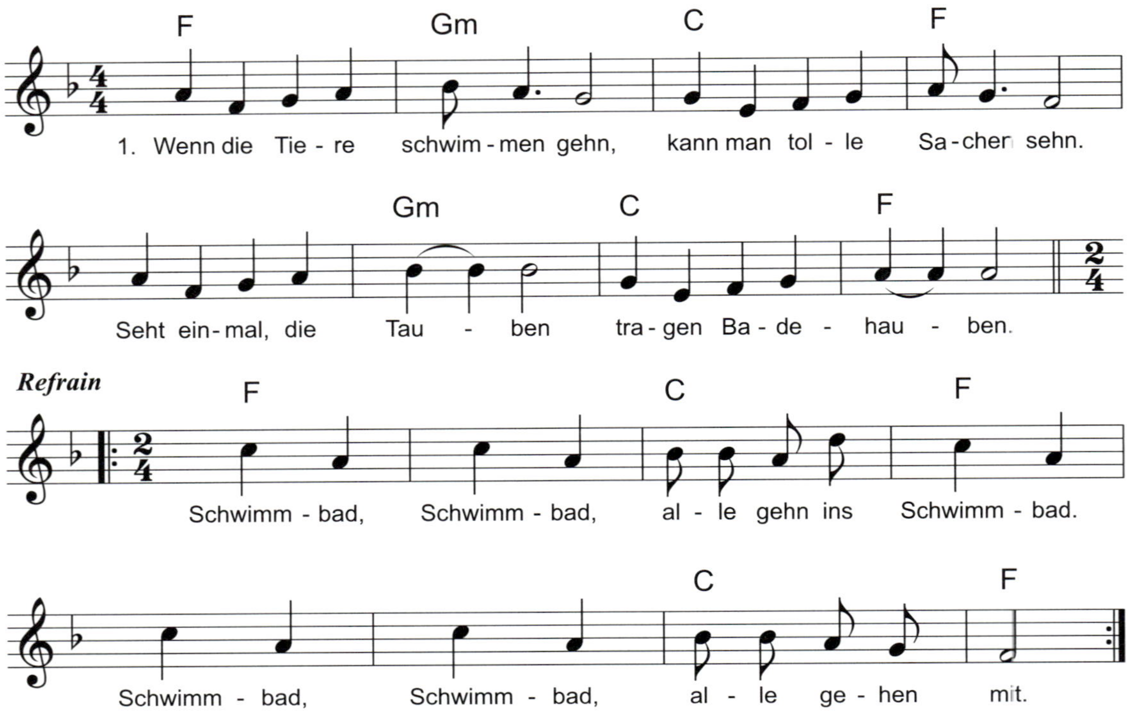


2. Wenn die Tiere schwimmen gehn …
Seht einmal, der Regenwurm
springt von dem Zehnmeterturm.
Schwimmbad …

3. Wenn die Tiere schwimmen gehn …
Seht einmal, die Schweine,
zeigen ihre Beine
Schwimmbad …

4. Wenn die Tiere schwimmen gehn …
Seht einmal, die Katzen,
liegen auf Matratzen.
Schwimmbad …

5. Wenn die Tiere schwimmen gehn …
Seht einmal, die Kröte,
spielt im Wasser Flöte
Schwimmbad …

*Volker Rosin*

Seht einmal, der Bu
hat gelbe Badeschuh

Und auch unser Kari
liegt am Strand in Bari

(1) Erfindet zusammen weitere Strophen.



- verschiedene Textsorten kennen: Lieder
- zu Texten Ideen entwickeln

- LAH Fördern Inklusion B,
- S. 69

# Frau Honig

Julius Sommerfeld öffnete die Tür. Vor ihm stand eine Frau: gelber Mantel, unter dem eine schwarz-gelb geringelte Strumpfhose hervorguckte. Auf dem Kopf trug sie einen Hut. Wo auch sonst? Die Frau streckte Julius Sommerfeld ihre Hand entgegen und sagte: „Honig. Elsa Honig. Die VFFDAÜKW schickt mich!“

In diesem Moment flog eine Biene einmal um Frau Honigs Kopf herum und setzte sich gemütlich auf die Plastikblume auf ihrem Hut. Dort blieb sie sitzen.

„Die, die wer?“, stotterte Julius Sommerfeld.

„VFFDAÜDKW, die Vermittlungsstelle für Familien, denen alles über den Kopf wächst“, erklärte Frau Honig.

„Und was wollen Sie hier?“, fragte er ungeduldig.

„Ich bin Ihr neues Kindermädchen!“

Julius Sommerfeld überlegte. Hatte er irgendetwas bestellt? Er konnte sich nicht erinnern.

„Sie müssen sich irren. Ich habe niemanden nirgendwo bestellt und mir wächst auch nichts über den Kopf!“

Aus dem Haus hörte man laute Musik und zwei schreiende Kinderstimmen. Dann knallten zwei Türen. Ein kleiner Junge kam an die Tür und fragte: „Papa, wann gibt es endlich was zu essen? Ich habe solchen Hunger!“

(verändert, gekürzt)

*Sabine Bohlmann*

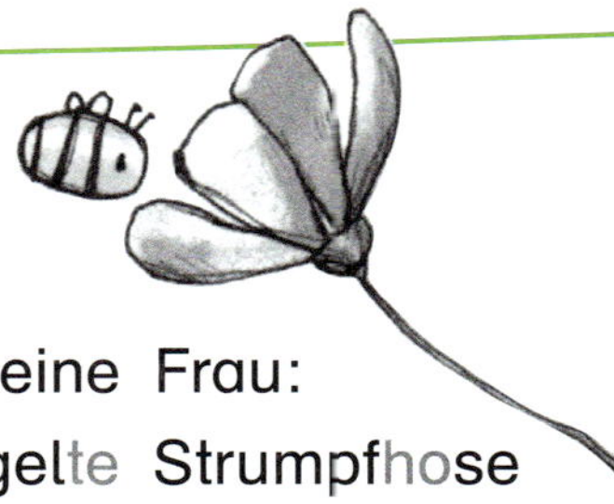

## Frau Honig

Julius Sommerfeld öffnete die Tür. Vor ihm stand eine Frau: gelber Mantel, unter dem eine schwarz-gelb geringelte Strumpfhose hervorguckte. Auf dem Kopf trug sie einen Hut. Wo auch sonst? In der einen Hand hielt sie einen alten Lederkoffer und in der anderen Hand einen merkwürdigen Korb. Die Frau streckte Julius Sommerfeld ihre Hand entgegen und sagte: „Honig. Elsa Honig. Die VFFDAÜKW schickt mich!“ In diesem Moment flog eine Biene einmal um Frau Honigs Kopf herum und setzte sich gemütlich auf die Plastikblume auf ihrem Hut. Dort blieb sie sitzen. „Die, die wer?“, stotterte Julius Sommerfeld. „VFFDAÜDKW, die Vermittlungsstelle für Familien, denen alles über den Kopf wächst“, erklärte Frau Honig. Zwei Falten bildeten sich zwischen Julius Sommerfelds Augenbrauen. „Und was wollen Sie hier?“, fragte er ungeduldig. „Ich bin Ihr neues Kindermädchen!“ Julius Sommerfeld überlegte. Hatte er irgendetwas bestellt? Ein Abo vielleicht, bei dem man gratis ein Kindermädchen dazubekam? Er konnte sich nicht erinnern. „Sie müssen sich irren. Ich habe niemanden nirgendwo bestellt und mir wächst auch nichts über den Kopf!“ Aus dem Haus hörte man laute Musik und zwei schreiende Kinderstimmen. Dann knallten zwei Türen. Ein kleiner Junge kam an die Tür und fragte: „Papa, wann gibt es endlich was zu essen? Ich habe solchen Hunger!“

(verändert, gekürzt) *Sabine Bohlmann*

## Frau Honig

Julius Sommerfeld öffnete die Tür. Vor ihm stand eine Frau: gelber Mantel, unter dem eine schwarz-gelb geringelte Strumpfhose hervorguckte. Auf dem Kopf trug sie einen Hut. Wo auch sonst? In der einen Hand hielt sie einen alten Lederkoffer und in der anderen Hand einen merkwürdigen Korb.

Die Frau streckte Julius Sommerfeld ihre Hand entgegen und sagte: „Honig. Elsa Honig. Die VFFDAÜKW schickt mich!“ In diesem Moment flog eine Biene einmal um Frau Honigs Kopf herum und setzte sich gemütlich auf die Plastikblume auf ihrem Hut.
Dort blieb sie sitzen. „Die, die wer?“, stotterte Julius Sommerfeld. „VFFDAÜDKW, die Vermittlungsstelle für Familien, denen alles über den Kopf wächst“, erklärte Frau Honig.
Zwei Falten bildeten sich zwischen Julius Sommerfelds Augenbrauen. „Und was wollen Sie hier?“, fragte er ungeduldig.
„Ich bin Ihr neues Kindermädchen!“ Julius Sommerfeld überlegte. Hatte er irgendetwas bestellt? Ein Abo vielleicht, bei dem man gratis ein Kindermädchen dazubekam? Er konnte sich nicht erinnern. „Sie müssen sich irren. Ich habe niemanden nirgendwo bestellt und mir wächst auch nichts über den Kopf!“
Frau Honig musterte ihn von oben bis unten, dabei wurden ihre Augen kugelrund. Herr Sommerfeld sah an sich herunter.
Er war über und über mit Tomatensoße bekleckert. Wieder einmal hatte er den Deckel für den Topf vergessen und die Tomatensoße war aus dem Topf gespritzt. Aus dem Haus hörte man laute Musik und zwei schreiende Kinderstimmen. Die eine schrie: „Warum geht das Internet nicht, Papa?“ Und die andere: „Nie kann man seine Ruhe haben!“ Dann folgten zwei knallende Türen und hinter Julius Sommerfeld erschien ein kleiner Junge. „Papa, ich hab so Hunger, dass ich gleich platze. Wann gibt es denn endlich was zu essen?“

(verändert, gekürzt)

*Sabine Bohlmann*

1. Wie sieht Frau Honig aus? Beschreibe.
2. Was bedeutet die Abkürzung „VFFDAÜKW“?
3. Warum kommt Frau Honig zur Familie Sommerfeld? Vermute.

STOPP

- LAH Fördern Inklusion B, S. 66–68
- Aussagen mit Textstellen belegen
- eigene Gedanken formulieren und zu Texten Stellung nehmen

## Wie kann ich Texte verstehen?

**1. Überfliege den Text.**

Du bekommst einen ersten Eindruck, ...

- um welche Textart es sich handelt.
- wie lang der Text ist.
- um was es gehen könnte.

Sieh dir Bilder an, wenn welche da sind.

**2. Lies den Text langsam und genau.**

Du kannst deinen Finger oder ein Lesezeichen verwenden.
So kannst du Denkpausen machen und weißt danach,
wo du weiterlesen musst.

**3. Lass Bilder im Kopf entstehen.**

Während du liest, arbeitet dein Gehirn.
Es überlegt sich, was es schon kennt.
Oft entstehen Bilder im Kopf.
Wenn du dir etwas nicht vorstellen kannst, frage nach.

**4. Mache dir Notizen.**

Schreibe auf, ...

- was du besonders interessant und spannend findest.
- was du nicht verstehst.
- welche Fragen du noch hast.

Nun kannst du über den Text sprechen
und ihn noch besser verstehen.

S. 30, 47, 156



- Texte organisierend lesen: unbekannte Wörter nachschlagen
- das Lesen vorbereiten: Leseziel formulieren, Vorwissen aktivieren, Erwartungen an den Text formulieren

- LAH Fördern Inklusion A, S. 14, 15

## Was hilft mir beim Zuhören?

### 1. Vor dem Zuhören

- Überlege, was du schon zum Thema weißt.
- Stelle dich auf das Zuhören ein:
  – Setze dich entspannt hin.
  Dein Mund ist zu.
  Deine Arme und Beine sind ruhig.
  – Schaue das sprechende Kind an.

### 2. Während des Zuhörens

- Beim Zuhören kannst du mitdenken.
- Mache dir Notizen (Stichworte).

### 3. Nach dem Zuhören

- Denk über das Gehörte nach.
- Gib eine Rückmeldung.
- Wenn du etwas nicht verstehst,
  dann frage nach.
- Erinnere dich an das Gehörte.

S. 24, 39, 81

• LAH Fördern Inklusion A, S. 28, 29

• zuhören: Informationen wiedergeben und einfache Schlussfolgerungen ziehen

# Gemeinsam lesen wir besser

## Wie geht eine Lesekonferenz?

Gemeinsam lesen kann dir helfen einen Text besser zu verstehen. Vier Kinder kommen zusammen. Jedes Kind hat eine Aufgabe.

**1. Kind:** Lies den anderen Kindern einen Abschnitt des Textes vor. Alle lesen leise mit. Stelle deinen Gruppenmitgliedern anschließend Fragen zum Inhalt.

> Wer sind die Hauptpersonen?
> Was passiert am Anfang?

**2. Kind:** Fasse den Inhalt des Abschnitts kurz zusammen.

> Zwei Bärenkinder sind in ihrer Höhle. Ein Kind leckt am Eis und bleibt kleben.

**3. Kind:** Stelle Fragen zu Textstellen,
… die schwierig sind.
… die du nicht verstanden hast.

> Wieso ist da eine Eisscheibe am Eingang der Bärenhöhle?

**4. Kind:** Vermute, wie der Text weitergehen könnte.

> Ich glaube, die suchen sich jetzt erst mal was zu essen.

→ S. 160

## Wie lese ich vor, damit andere mir gern zuhören?

Erste Tricks:

- Lies langsam und ruhig.
- Mache eine Pause am Satzende.
- Sprich die Wörter deutlich, achte auf die Endungen.

Übe, bevor du vorliest.
Wenn du eine Kopiervorlage hast, kannst du deinen Lesevortrag mit Zeichen vorbereiten:

- Lies den Text sehr aufmerksam.
- Wie ist die Stimmung des Textes? Zeige es mit deiner Stimme:
  - Gibt es Textteile, die traurig / fröhlich / lustig / gruselig sind?
- Der Begleitsatz einer wörtlichen Rede verrät dir, wie du sie vorlesen kannst: z. B. rufen, flüstern, knurren, neugierig, fragen …
- Satzzeichen verraten dir, wie du die Stimme benutzen kannst:
  - Bei einem Punkt wird die Stimme etwas gesenkt. ↓
  - Bei einem Fragezeichen hebst du die Stimme etwas an. ↑
  - Bei einem Ausrufezeichen wird die Stimme am Ende oft etwas stärker und lauter.
- Markiere Wörter, die du betonen willst auf einer Kopiervorlage.
- Setze Pausenzeichen, z. B. nach einem Komma / oder nach einem Punkt // auf der Kopiervorlage.

> Der kleine Zesel stutzte.↓ „Moment mal↑“, / knurrte er, /
> „Warum sind das so viele Kartoffeln? //
> Ich weiß noch genau, / dass wir im Frühling nur ein paar
> eingepflanzt haben.↓ // Jetzt sind es viel mehr.“ //

Gebt euch eine Rückmeldung über euren Lesevortrag!

S. 26, 76, 110

## Wie funktioniert ein Erzähltheater?

Mit dem Erzähltheater kannst du eine Geschichte mit Bildern erzählen. Sie helfen dir, dich an die Inhalte der Geschichte zu erinnern. Diese Bilder werden in einen Rahmen oder Karton gesteckt. Dann sieht es aus wie eine kleine Bühne.

1. Überlege dir, welche Geschichte du erzählen möchtest.
2. Entscheide, was in deiner Geschichte wichtig ist. Was passiert am Anfang, in der Mitte und am Schluss?
3. Überlege, wie viele Bilder du brauchst, um die ganze Geschichte zu erzählen.
4. Male die Bilder.
5. Du kannst dir Stichworte auf die Rückseite des Bildes schreiben.
6. Bringe deine Bilder in die richtige Reihenfolge.
7. Zu jedem Bild kannst du nun einige Sätze erzählen.
8. Dann zeigst du das nächste Bild und erzählst weiter bis zum Ende der Geschichte.

**Tipp für die Bilder:**

- Auf den Bildern sollten die wichtigsten Figuren und Orte zu sehen sein.
- Du kannst z. B. die Hexe und die Kinder am Lebkuchenhaus malen.
- Die Bilder sollten nicht zu viele Einzelheiten zeigen.
- Male auf festes Papier oder Karton, dann sind deine Bilder stabiler.
- S. 119 Du kannst sie mit Buntstiften oder Wasserfarbe malen.



• unter Anleitung Formen des szenischen Sprechens und Spielens planen und gestalten, z. B. szenische Lesung, Aufführung

• LAH Fördern Inklusion B, S. 38, 39

## Wie erzähle ich eine Geschichte nach?

Manchmal ist es schwierig, sich beim Nacherzählen einer Geschichte an alles Wichtige zu erinnern. Man vergisst leicht etwas oder erzählt durcheinander. Dadurch kann man der Erzählung nur schwer folgen. Damit dir das nicht passiert, hilft dir „der rote Faden“.

*Du brauchst einen Faden und kleine Kärtchen.*

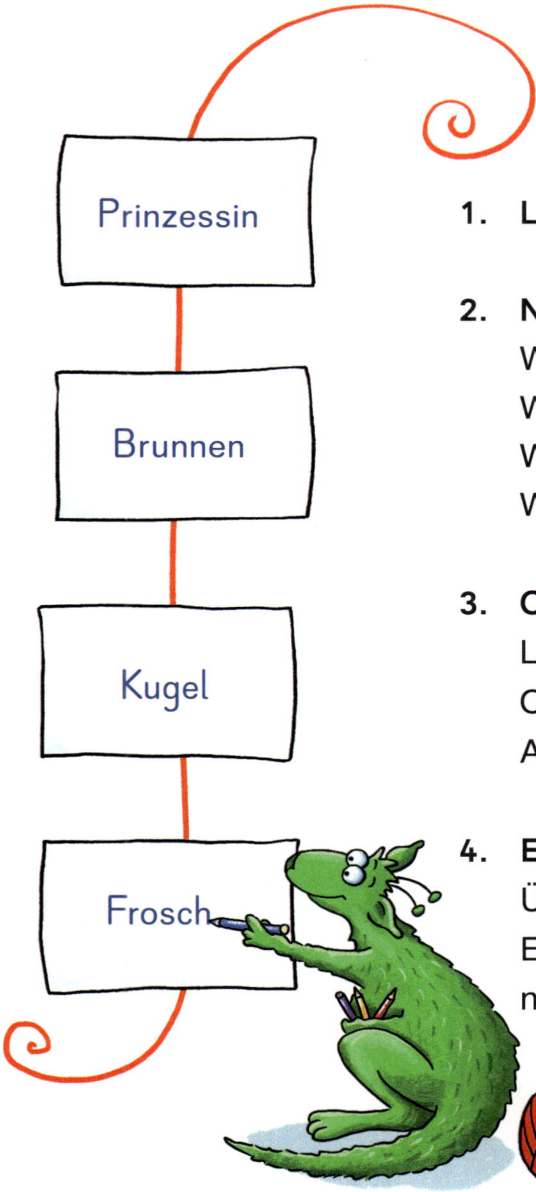


**So gehst du vor:**

1. **Lies die Geschichte.**

2. **Notiere dir einzelne Stichpunkte.**
   Wie beginnt die Geschichte?
   Was passiert als Nächstes?
   Was ist noch wichtig?
   Was passiert am Schluss?

3. **Ordne deine Karten auf dem Faden.**
   Lege den Faden senkrecht vor dich hin.
   Ordne die Karten nun auf deinem Faden.
   Achte auf die richtige Reihenfolge.

4. **Erzähle die Geschichte nach.**
   Übe das Nacherzählen der Geschichte.
   Erzähle Karte für Karte von oben nach unten.

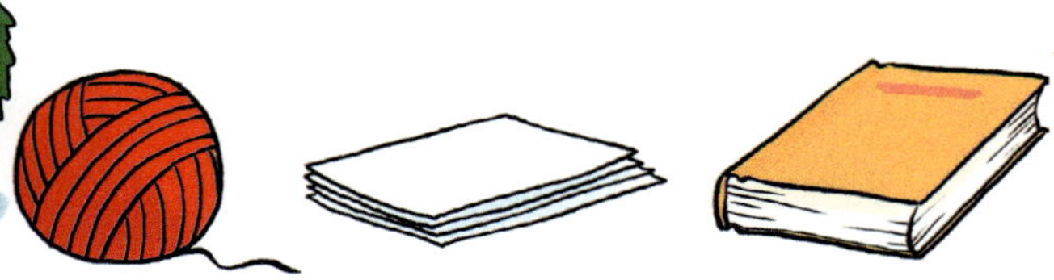

S. 115 –

# In Versen gedichtet

## Wie kann ich Gedichte und ihre Baupläne verstehen?

Ein Gedicht ist anders aufgebaut als ein Erzähltext.
Bei Gedichten nennt man die Zeile Vers.
Mehrere Verse bilden eine Strophe.
Gedichte haben unterschiedliche Baupläne.

**Bauplan Haiku**

Das Haiku ist eine sehr kurze Gedichtform. Es besteht aus 17 Silben, die sich auf drei Verse verteilen. Ein Haiku kann gut ausdrücken, was in der Natur passiert.

Bauplan:

1. Vers = 5 Silben: Flocke kommt vorbei
2. Vers = 7 Silben: Handschuh mit Schneeflaum bedeckt
3. Vers = 5 Silben: Herr Winter grüßt dich

**Bauplan Rondell**

Ein Rondell hat einen Titel und eine Strophe. Die Strophe besteht aus 8 Versen. Einzelne Verse wiederholen sich dabei. Durch die Wiederholung wird der Satz immer wichtiger. Das Bild im Kopf wird deutlicher. Bei dem folgenden Beispiel wiederholen sich Vers 1, 4 und 7 und Vers 2 und 8

Leselust

1 Ein neues Buch liegt da.
2 Das Abenteuer kann beginnen.
3 Die Erwartung lässt die Spannung steigen.
4 Ein neues Buch liegt da.
5 Die Neugier liest schon bald das Ende.
6 Der Zögernde liest nur das Cover.
7 Ein neues Buch liegt da.
8 Das Abenteuer kann beginnen.

*Gerburg Kirsch*

→ S. 138

## Wie arbeiten wir mit der Placemat-Methode?

Oft kann man einen Text besser verstehen,
wenn man zusammen in einer Gruppe darüber nachdenkt.
Auch Fragen zum Text lassen sich so leichter beantworten.

**Vorbereitung**
Bildet eine Gruppe mit vier Kindern.
Setzt euch um einen Tisch.
Jedes Kind sitzt
an einer Tischseite.
Legt die Placemat-Vorlage
in die Tischmitte.
Vor jedem Kind sollte
ein Feld liegen.

**Durchführung**

1. **Allein überlegen**
   Denke leise über den Text oder eine bestimmte Frage nach.
   Was fällt dir dazu ein?
   Schreibe deine Ideen in dein Feld auf der Placemat.

2. **Mit den anderen austauschen**
   Sprecht in der Gruppe über eure Ideen.
   Welche Ideen wollt ihr in der Klasse präsentieren?
   Einigt euch und schreibt sie in das Feld in der Mitte.

3. **Gemeinsames vorstellen**
   Stellt eure Ideen den anderen Gruppen vor.
   Die Notizen in der Mitte der Placemat helfen euch.

S. 88, 169

• LAH Fördern Inklusion B, S. 24, 25
• Texte präsentieren: Placemat

## Wie führe ich ein Lesetagebuch?

Dein Lesetagebuch hilft dir, deine Ideen und Gedanken zu einer Geschichte festzuhalten. Du kannst deine Meinung äußern und aufschreiben, was du beim Lesen gefühlt und gedacht hast.
Wenn dir eine Textstelle besonders gut gefallen hat, kannst du sie abschreiben. Du kannst deine Geschichte weiterschreiben.
Vielleicht möchtest du einen Steckbrief von einer Person oder einem Tier aus der Geschichte erstellen.

Mir ging es mal genauso. Das schreibe ich auf.

Ich zeichne die Hauptfiguren aus der Geschichte.

Ich schreibe eine E-Mail an die Hauptfigur.

Ich erfinde ein Lied zu meinem Buch.

Ich schreibe ein Elfchen über den Inhalt des Buches.

Ich male ein Bild zu einem Kapitel.

Ich schreibe einen Brief an die Autorin des Buches.

Ich recherchiere eine Sache genauer und schreibe sie auf.

Ich gestalte einen Umschlag für mein Lesetagebuch.

Es gibt ganz viele Ideen, mit denen du dein Lesetagebuch füllen kannst.
Schreibe immer das Datum auf und zu welchem Kapitel deines Buches du arbeitest.

S. 64

- ein Kinderbuch selbst auswählen und es situations- und adressatengerecht vorstellen
- Lesetagebuch

## Wie mache ich ein Plakat?

Plakate können helfen, einen Vortrag vor der Klasse besser zu verstehen.
Sie können als Aushang Informationen zu einem Thema zeigen.
Durch Bilder, kurze Texte und Diagramme oder Tabellen erhält man wichtige Informationen.

Überschrift: Schreibe sie groß und unterstreiche sie.

Zwischenüberschriften: Sie teilen dein Thema in Unterpunkte ein.

Text: Schreibe kurze Sätze oder Stichpunkte mit wichtigen Informationen auf.

Bildunterschriften: Schreibe, was man auf dem Bild sieht.

Bilder: Du kannst sie ausdrucken oder selbst malen. Achte darauf, dass sie gut zu erkennen sind.

S. 19, 38

# Unsere Umweltprojekte in der Schule

## Wir sparen Energie

Unser Energiedienst in der Klasse achtet darauf, dass das Licht und die Heizung ausgeschaltet sind, wenn sie nicht benötigt werden.

## Müllsammelaktionen

| Klasse 3a | Klasse 3b |
| --- | --- |
| - am Donnerstag, 31. Mai<br>- im Stefanspark<br>- 3 Säcke Müll | - am Freitag, 1. Juni<br>- am Auwaldsee<br>- 5 Säcke Müll |

Lasst uns unsere Stadt wieder sauber machen. Meldet euch zur nächsten Müllsammelaktion bei Frau Graf bei den **Umweltfreunden**!

## Müll in der Schule

MÜLLTRENNUNG bedeutet WIEDERVERWERTUNG!

## Spaß am Recycling

Damit Mülltrennung Spaß macht, haben wir unsere Basketball-Müllkörbe erfunden. So macht das Entsorgen in den richtigen Korb nicht nur Spaß, sondern hilft auch der Umwelt.

- LAH Fördern Inklusion B, S. 62, 63

- ein Plakat gestalten
- ausgewählte Werkzeuge für das Sprechen vor anderen nutzen: Plakat

Auer, Martin: Gestern war ich im Schlumperwald (gekürzt). Aus: Martin Auer: Was niemand wissen kann, Beltz & Gelberg, Weinheim 1991. (S. 136)
Bass, Guy: Noah Unendlich (verändert, gekürzt), übersetzt von Julia Süßbrich, Gulliver Verlag, Weinheim 2020, Julius Beltz GmbH & Co KG, Weinheim und Basel. (S. 126)
Baumbach, Martina: Die Tierwandler, unser Lehrer ist ein Elch, Illustrationen: Imke Sönnichsen, Thienemann, Stuttgart 2020 (Buchvorstellung: Tomke zeigt ihr Buch, S. 53)
Behnke, Andrea: Verwurmt (gekürzt). Aus: Andrea Behnke, Vorhang auf für Hund und Maus, Herder Verlag, Freiburg, Basel, Wien 2016 (S. 123)
Bohlmann, Sabine: Und plötzlich war Frau Honig da, Carlsen Verlag, Hamburg 2019. (S. 168–171)
Boie, Kirsten: Hassan: Meine Familie (verändert, gekürzt). Aus: Kirsten Boie, Bestimmt wird alles gut, Klett Kinderbuch, Leipzig 2016. (S. 36)
Dahl, Roald: Sophie und der Riese, aus dem Englischen von Ebi Naumann, Penguin Junior in der Penguin Random House Verlagsgruppe GmbH,
Ende, Michael: Ronja Räubertochter (verändert, gekürzt), Oetinger Verlag, Hamburg 2019 (S. 158/159)
Ende, Michael: Jim Knopf und die wilde 13, Thienemann Verlag, Stuttgart 1990. (S. 94/95)
Fabisch, Alexandra: Waldwandler (verändert, gekürzt), Illustrationen von Angela Gstalter, Thienemann, Stuttgart 2023. (S. 31)
Feth, Monika: Randvoll mit Glück (verändert, gekürzt), cbj Verlag, München 2022. (S. 96–98)
Friedrich, Joachim und McMaster, Minna: Lukas und das Geheimnis der sprechenden Tiere (verändert, gekürzt), Illustrationen von Astrid Henn, Carlsen Verlag, Hamburg 2023 (Taschenbuchausgabe), Originalcopyright Orell Füssli Sicherheitsdruck AG, Zürich 2018. (S. 90/91)
Gellersen, Ruth: Abenteuer Wald (verändert, gekürzt), Carlsen, Hamburg 2011. (S. 22)
Goethe, Johann Wolfgang von: In Goethes Garten – Gedichte. Thorbecke Verlag, Ostfildern 2018. (S. 26)
Greschik, Stefan: Peter? Welcher Peter? (verändert, gekürzt). Aus: Stefan Greschik: Welche Nachnamen häufen sich in anderen Ländern? Geolino Nr. 09/2017- Hallo Fremder, G+J Medien, Hamburg https://cutt.ly/nw7Sp0uO (Zugriff am 15.04.2024)(S. 99)
Guggenmos, Josef: Schneekristall. Aus: Josef Guggenmos, Ausgewählte Haiku 1982-2002, Norderstedt: Books on Demand 2017, Aus: Groß ist die Welt, © 2006 Beltz & Gelberg in der Verlagsgruppe Beltz, Weinheim und Basel (S. 138)
Guggenmos, Josef: Verblühter Löwenzahn. Aus: Der kleine Elefant marschiert durchs Land, Georg Bitter Verlag: Recklinghausen 1968. (S. 156)
Hacks, Peter: Der alte Igel (verändert, gekürzt). Aus: Hacks Werke elfter Band, Peter Hacks: Die Kindermärchen, Kinderkurzweil, Eulenspiegel Verlag, Berlin 2003. (S. 154/155)
Hacks, Peter: Der Herbst steht auf der Leiter. Eulenspiegel-Kinderbuchverlag, Berlin 2012. (S. 140)
Hohmann, Rainer: Mein Drachen. Aus: Rolf Krenzers großes Geschichtenbuch für die ganze Familie – Herbst und Winter, hrsg. von Rolf Krenzer, Herder Verlag, Freiburg 1994. (S. 141)
Jatzek, Gerald: Rumpelstilz sucht Freunde. Aus: Gerald Jatzek, Rabaukenreime © 2011 G & G Verlagsgesellschaft, Wien. (S. 118)
Jatzek, Gerald: Wir lernen Ächzpengboingisch. Aus: Gerald Jatzek, Der Lixelhix – Buchstabenabenteuer in Geschichten, Gedichten und Spielen, Jugend & Volk, Wien und München 1986. (S. 89)
Jung, Reinhardt: Das besondere Auge (verändert, gekürzt). Aus: Oberthür, Rainer: Neles Tagebuch; Kösel Verlag, München 2006. (S. 132–135)
Kaléko, Mascha: Der Frühling. Aus: Mascha Kaléko, Die paar leuchtenden Jahre, © 2003 dtv Verlagsgesellschaft mbH & Co KG, München. (S. 139)
Kaléko, Mascha: Sommergedicht. Aus: Mascha Kaléko, ebd., Boje Verlag, Köln 2010. (S. 16)
Klein, Martin: Finn und Frieda wecken den Winter (verändert, gekürzt), Illustrationen von Kerstin Meyer, Tulipan Verlag 2019. (S. 148)
Kliebenstein, Juma: 7 Tage sturmfrei (verändert, gekürzt), Edel Kids Books, Hamburg 2021. (S. 42).
König, Michael: Wie gut kennst du deine Familie (verändert, gekürzt). Escape Room for Family, migo Verlag, Hamburg 2020. (S. 43).
Krause, Ute: Die Muskeltiere Die Muskeltiere auf großer Fahrt (verändert, gekürzt), cbj, München 2015. (S. 58)
Krause, Ute: Wann gehen die wieder? (verändert, gekürzt), Gerstenberg, Hildesheim 2022. (S. 60)
Krüss, James: Tierweihnacht. Aus: Ach, du liebe Zeit! Hrsg. von Heinz Brand, Lappan Verlag, Oldenburg 2007. (S. 151)
Maar, Paul: Land auf dem Sonntag. Aus: Paul Maar, Jaguar und NEINguar, © Verlag Friedrich Oetinger, Hamburg. 2007. (S. 100)
Martins, Isabel Minhos: Sprichwörter mit Wind. Aus: Isabel Minhos Martens Bernardo P. Carvalho, Hallo Wind, hallo Sonne, aus dem Portugiesischen von Martin Hengst, Mixtvision Mediengesellschaft, München 2023. (S. 145)
Mühle, Jörg und Port, Moni: Was liegt am Stand und redet undeutlich? Rätselwitze und Quatschbilder, Klett Kinderbuch, Leipzig 2015. (S. 93)
Nagy, M. Boldizsár (Hrsg.): Mina zeigt ihr Buch. Aus: Nagy, M. Boldizsár (Hrsg.), Märchenland für alle, Illustrationen

von Lilla Bölecz, Dorling Kindersley, Gruner + Jahr Deutschland GmbH, Hamburg 2022 (Buchvorstellung: Mina zeigt ihr Buch, S. 51)

Nelson, Mandela: Der Schlangenhäuptling (verändert, gekürzt). Aus: Meine afrikanischen Lieblingsmärchen, hg. von Nelson Mandela, aus dem Englischen von Matthias Wolf, C. H. Beck Verlag, München 2016. (S. 112)

Obrecht, Bettina und Völk, Julie: Wie anders ist alt? (gekürzt), Tulipan, München 2023. (S. 122)

Peirce, Lincoln: Super Nick – bis später, ihr Pfeifen: [ein Comic-Roman]. Aus dem Amerikanischen von Bettina Spangler, cbj, München 2012. (Buchvorstellung: Emre zeigt sein Buch, S. 52)

Rassmus, Jens: Mitternachtsschmaus (verändert, gekürzt). Aus: Jens Rassmuss, Pizza vom Südpol, 13 hungrige Geschichten, Edition Nilpferd, Wien 2022. (S. 146/147)

Raubaum, Lena: Wiesenschätze. Aus: Lena Raubaum, Mit Worten will ich dich umarmen, Tyrolia Verlag, Wien Innsbruck 2021. (S. 139)

Rautenberg, Arne: gansseiltanz. Aus: Arne Rautenberg / Wolf Erlbruch: Mut ist was Gutes, Peter Hammer Verlag, Wuppertal 2023. (S. 128)

Rautenberg, Arne: zwischen weiß noch nicht und weißt du noch. Aus: Arne Rautenberg / Wolf Erlbruch, ebd., Wuppertal 2023. (S. 121)

Rosin, Volker: Wenn die Tiere schwimmen gehen, Text und Melodie: Volker Rosin, © Moon-Records-Verlag, Düsseldorf (S. 168)

Sánchez Vegara, María Isabel: Marie Curie: Little People, Big Dreams (verändert, gekürzt), deutsche Ausgabe, Insel Verlag, Berlin 2020. (S. 54)

Sánchez Vegara, María Isabel: Astrid Lindgren: Little People, Big Dreams (verändert, gekürzt). Aus: ebd., Berlin 2020. (S. 54/55)

Sánchez Vegara, María Isabel: Nelson Mandela: Little People, Big Dreams (verändert, gekürzt). Aus: ebd., Berlin 2020. (S. 55)

Schneider, Stephanie: Grimm und Möhrchen – Frühling, Sommer, Herbst und Winter (verändert, gekürzt), Illustrationen: Stefanie Scharnberg, Deutscher Taschenbuch-Verlag, München 2022. (S. 142–144)

Spohn, Jürgen: Wie Wo Wann Warum, Aus: Jürgen Spohn, Drunter & Drüber; Verse zum Vorsagen, Nachsagen, Weitersagen, Bertelsmann Verlag, München 1980. (S. 120)

Stellmacher, Hermien: Nie mehr Oma-Lina-Tag? (gekürzt), Illustrationen von Barbara Korthues, Gabriel Verlag, Stuttgart 2021. (S. 124)

Szillat, Antje: Chilli, Meine Oma und das totale Chaos (verändert, gekürzt), Illustrationen: Zapf, Schneiderbuch, Berlin 2020. (S. 44)

THiLO: Madame Kunterbunt (verändert, gekürzt), Band 3, Illustrationen: Bille Weidenbach, Ravensburger Verlag GmbH, Ravensburg 2022. (S. 14/15)

Walder, Vanessa: Das geheime Leben der Tiere – (Wald, Band 2) König der Bären (verändert, gekürzt), illustriert von Simona M. Ceccarelli, Loewe Verlag, Bindlach 2022. (S. 160–163)

Weller-Essers, Andrea: Guck doch mal, was ich hier habe, Illustrationen von Meike Töpperwien, Dudenverlag, Berlin 2021. (S. 86–88).

Wohlleben, Peter: Kommst du mit nach draußen? (verändert, gekürzt). Verlag Friedrich Oetinger, Hamburg 2021. (S. 28)

Gehen auch Tiere zur Schule? (verändert, gekürzt). Aus: Peter Wohlleben, Hörst du wie die Bäume sprechen?, Verlag Friedrich Oetinger, Hamburg 2017. (S. 23)

Zahn, Angelika: Was ist künstliche Intelligenz? (verändert, gekürzt). Illustrationen: Lena Hesse, Julius Beltz GmbH & Co. KG, Beltz & Gelberg, Weinheim und Basel 2023. (S. 77)

Zeh, Juli und Elisa Hoven: Der war's (verändert, gekürzt), Illustrationen von Lena Hesse, Carlsen, Hamburg 2023. (S. 16/17)

Zeh, Juli: Alle Jahre wieder (gekürzt), Carlsen Verlag, Hamburg 2020. (S. 152/153)

Texte ohne Autorennamen:

Lied: Meine Oma fährt im Hühnerstall Motorrad, Text: traditionell, Melodie: Robert Steidl (S. 45)

Spielidee für Ein Erzählspiel (Spielidee verändert), aus: Spiele ohne Sieger, Hans Peter Sibler, Christoph Riemer, Christina Erni, Marc Kuhn, Maier Verlag, Ravensburg 1977. (S. 137)

Autorinnentexte:

Goralsky, Susanne: 56, 57, 156, 157, 163–167

Hoyme, Maria: 8/9, 10/11, 12/13, 19, 104, 106, 107, 108–111

Kirsch, Gerburg: 138, 150, 187

Roggenkamp, Corinna: 36, 38, 39–41, 46, 92

Scheithauer, Vera: 20/21, 22, 24/25, 27, 29, 68, 69, 72, 74–78

|Ablang, Friederike, Berlin: 6.1, 6.2, 6.3, 6.4, 6.5, 6.6, 6.7, 7.1, 8.1, 8.2, 9.1, 10.1, 10.2, 10.3, 10.4, 10.5, 10.6, 10.7, 10.8, 10.9, 10.10, 10.11, 10.12, 11.1, 11.2, 11.3, 11.4, 11.5, 11.6, 11.7, 11.8, 12.1, 12.2, 12.3, 12.4, 13.1, 15.1, 16.1, 17.1, 18.1, 19.1, 19.2, 19.3, 19.4, 35.1, 36.1, 37.1, 37.2, 37.3, 37.4, 37.5, 37.6, 37.7, 37.8, 38.1, 38.2, 38.3, 38.4, 39.1, 40.1, 40.2, 40.3, 41.1, 41.2, 42.1, 42.2, 43.1, 43.2, 46.1, 46.2, 46.3, 46.4, 46.5, 46.6, 47.1, 47.2, 47.3, 52.2, 56.1, 64.2, 64.3, 64.4, 65.1, 65.2, 65.3, 66.2, 102.1, 104.1, 104.2, 104.3, 104.4, 104.5, 105.1, 105.2, 105.3, 108.1, 109.1, 110.1, 110.2, 110.3, 110.4, 110.5, 110.6, 110.7, 110.8, 111.1, 111.2, 111.3, 111.4, 111.5, 111.6, 111.7, 111.8, 112.1, 113.1, 114.1, 115.1, 117.1, 118.1, 119.1, 119.2, 119.3, 119.4, 119.5, 119.6, 119.7, 119.8, 126.1, 127.1, 129.1, 130.1, 131.1, 139.1, 140.1, 140.2, 141.1, 145.1, 145.2, 145.3, 145.4, 145.5, 145.6, 145.7, 145.8, 145.9, 145.10, 145.11, 145.12, 150.1, 150.2, 151.1, 151.2, 151.3, 151.4, 151.5, 151.6, 151.7, 151.8, 151.9, 153.1, 154.1, 154.2, 155.1, 155.2, 156.1, 156.2, 157.1, 163.1, 166.1, 167.1, 167.2, 172.1, 172.2, 173.1, 173.2, 173.3, 173.4, 174.1, 174.2, 174.3, 174.4, 174.5, 175.1, 175.2, 175.3, 176.1, 176.2, 177.1, 177.3, 178.2, 179.1, 179.2, 180.1, 181.1, 182.1, 183.1. |akg-images GmbH, Berlin: Hans Christian Andersen 107.4; Jacob und Wilhelm Grimm 107.1; Ludwig Bechstein 107.3; Wilhelm Hauff 107.2. |Annette Forsch Konzeption & Design, Berlin: 3.2, 11.10, 19.5, 21.1, 23.3, 28.2, 29.3, 31.4, 32.3, 33.4, 38.5, 51.5, 55.2, 69.2, 71.7, 74.1, 75.2, 101.5, 157.2, 163.3. |Blanck, Iris, Hamburg: 3.1, 11.9, 18.2, 29.2, 31.3, 42.3, 45.4, 46.7, 59.2, 63.2, 77.3, 80.2, 91.4, 98.3, 99.2, 109.2, 117.2, 127.3, 135.2, 144.2, 147.3, 153.3, 155.3, 162.1, 171.3. |Bohnstedt, Antje, Bretten: 48.1, 48.2, 48.3, 48.4, 48.5, 48.6, 48.7, 48.8, 48.9, 48.10, 49.1, 49.2, 49.3, 49.4, 49.5, 49.6, 49.7, 49.8, 49.9, 50.1, 51.1, 52.1, 53.1, 53.3, 56.2, 57.1, 84.1, 84.2, 84.3, 84.4, 85.1, 88.1, 88.2, 88.3, 88.4, 88.5, 88.6, 88.7, 88.8, 88.9, 88.10, 88.11, 88.12, 88.13, 88.14, 88.15, 88.16, 88.17, 88.18, 88.19, 88.20, 88.21, 88.22, 88.23, 88.24, 88.25, 88.26, 88.27, 88.28, 89.1, 92.1, 92.2, 96.1, 96.2, 96.3, 97.1, 98.1, 99.1, 100.1, 101.1, 101.2, 101.3, 122.1, 122.2, 122.3, 122.4, 123.1, 124.1, 125.1, 132.1, 135.1, 136.1, 137.1. |Burgdorf, Markus, Salzhemmendorf: 70.1. |Carlsen Verlag GmbH, München: Joachim Friedrich: Lukas und das Geheimnis der sprechenden Tiere mit Illustrationen von Astrid Henn 90.1, 91.1, 91.2, 91.3; Juli Zeh: Alle Jahre wieder mit Illustrationen von Lena Hesse © 2020 153.2. |cbj Verlag, München: Monika Feth: Randvoll mit Glück © 2023 cbj Verlag, München in der Penguin Random House Verlagsgruppe GmbH 98.2; Ute Krause, Die Muskeltiere auf großer Fahrt © 2015, cbj, München, in der Penguin Random House Verlagsgruppe GmbH 58.1, 58.2, 58.3, 58.4, 59.1. |Cornelsen Verlag GmbH (Duden), Berlin: Andrea Weller_Essers, Maike Töpperwien: Sag mal, was ist eigentlich Sprache? © 2021 Cornelsen Verlag GmbH (Duden), Berlin 86.1, 87.1. |Doering, Svenja, Köln: Titel, Titel, Titel, Titel, 1.1, 4.1, 5.1, 7.2, 32.1, 32.2, 33.1, 33.2, 33.3, 39.2, 39.3, 57.2, 77.1, 81.1, 83.1, 83.2, 101.4, 106.1, 118.2, 118.3, 168.1, 177.2, 173.1, 178.3, 187.1, 187.2. |G&G Verlagsgesellschaft mbH, Wien: Rassmus, Jens: Pizza vom Südpol: 13 hungrige Geschichten, ISBN 978-3-7074-5283-9 147.1, 147.2. |Gerstenberg Verlag GmbH & Co. KG, Hildesheim: Damm, Antje: Was passiert denn da? 136.2, 136.3, 148.1, 148.2; Ute Krause: Wann gehen die wieder? 60.1, 61.1, 62.1, 63.1, 64.1. |Imago, Berlin: Pond5 Images 26.2; TheNews2 165.2. |Insel Verlag, Berlin: Little People, BIG DREAMS Astrid Lindgren written by Maria Isabel Sánchez Vegara and illustrated by Linzie Hunter published by Frances Lincoln Children's Books an imprint of The Quarto Group, copyright © 2020. Reproduced by permission of Quarto Publishing Plc. 54.2; Little People, BIG DREAMS Nelson Mandela written by Maria Isabel Sánchez Vegara and illustrated by Alison Hawkins published by Frances Lincoln Children's Books an imprint of The Quarto Group, copyright © 2022. Reproduced by permission of Quarto Publishing Plc. 55.1. |iStockphoto.com, Calgary: Animaflora 29.1; blueringmedia 54.1; Dmitrii Bykanov 28.1. |Labrisz Lesbian Association, Budapest: Nagy, M. Boldizsár (Hrsg.), Illustrationen: Lilla Bölecz, Märchenland für alle, Dorling Kindersley 51.2, 51.3, 51.4. |Loewe Verlag GmbH, Bindlach: Vanessa Walder: König der Löwen, Band 2, mit Illustrationen von Simona M. Ceccarelli 160.1, 161.1, 161.2. |Maurizio Corraini S.r.l., Mantova: Russell, Harriet: Unmöglich?! Rätsel, Denkspiele und fröhliche Wissenschaft. © 2011 Harriet Russell. All rights reserved to Maurizio Corraini s.r.l. 120.1, 120.2, 120.3. |Penguin Random House Verlagsgruppe GmbH, München: Roald Dahl: Sophie und der Riese -neu übersetzt von Ebi Naumann, mit Illustrationen von Quentin Blake 131.2. |Peter Hammer Verlag GmbH, Wuppertal: Rautenberg, Arne: Mut ist was Gutes, Illustrationen: Wolf Erlbruch 121.1; Rautenberg, Arne: Mut ist was Gutes, Illustrationen: Wolf Erlbruch, ISBN 978-3-7795-0712-3 128.1. |Picture-Alliance GmbH, Frankfurt a.M.: Lothar Lenz / OKAPIA KG 163.2; WILDLIFE/S. Muller 165.1. |Ravensburger Verlag GmbH, Ravensburg: THiLO, Madame Kunterbunt, Band 3: Madame Kunterbunt und das Rätsel des Mitmachzaubers, Illustrationen: Bille Weidenbach 14.1. |Scheithauer, Vera, Waldbrunn: 82.2, 82.3, 82.4, 82.5, 82.6, 82.7, 82.8, 82.9. |Shutterstock.com, New York: Conny

Sjostrom 164.1. |Studio Vieleck - Amthor & Amthor GbR, Hilden: 20.1, 22.1, 22.2, 22.3, 22.4, 23.1, 23.2, 24.1, 24.2, 25.1, 25.2, 26.1, 66.1, 68.1, 68.2, 69.1, 71.1, 71.2, 71.3, 71.4, 71.5, 71.6, 72.1, 72.2, 73.1, 75.1, 76.1, 78.1, 79.1, 80.1, 82.1. |Thienemann in der Thienemann-Esslinger Verlag GmbH, Stuttgart, München: Alexandra Fabisch: Waldwandler. Mit Illustrationen von Angela Gstalter 30.1, 31.1; Alexandra Fabisch: Waldwandler. Mit Illustrationen von Angela Gstalter © 2023 31.2; Martina Baumbach: Die Tierwandler: Unser Lehrer ist ein Elch. 53.2, 53.4; Sabine Bohlmann: Frau Honig 1: Und plötzlich war Frau Honig da, mit Illustrationen von Joelle Tourlonias 169.1, 169.2, 170.1, 170.2, 171.1, 171.2. |Tulipan Verlag in der Penguin Random House Verlagsgruppe GmbH, München: Klein, Martin: Finn und Frieda wecken den Winter, Illustrationen von Kerstin Meyer 149.1, 149.2. |Verlag Friedrich Oetinger GmbH, Hamburg: Astrid Lindgren: Ronja Räubertochter / orig. Ronja Rövardotter, © Design Ilon Wikland AB 159.1, 159.2. |Verlagsgruppe Beltz, Weinheim: Bass, Guy: Noah Unendlich, aus dem Englischen von Julia Süßbrich; Illustrationen: Steve May 127.2; Zahn, Angelika, Lena Hesse: Was ist künstliche Intelligenz?, © 2023 Beltz & Gelberg in der Verlagsgruppe Beltz, Weinheim Basel 77.2. |Verlagsgruppe HarperCollins Deutschland GmbH, Hamburg: Szillat, Antje: Chilli meine Oma und das totale Chaos, Illustrationen: Zapf 44.1, 44.2, 45.1, 45.2, 45.3. |Wilson, Henrike, Berlin: 94.1, 95.1, 95.2. |© dtv Verlagsgesellschaft mbH & Co. KG, München: Stefanie Schneider: Grimm und Möhrchen - Frühling, Sommer, Herbst und Winter, Illustrationen: Stefanie Scharnberg 142.1, 144.1. |© Klett Kinderbuch Verlag GmbH, Leipzig: Moni Port | Jörg Mühle: Was liegt am Strand und redet undeutlich? Klett Kinderbuch Verlag GmbH, Leipzig / Mühle © 2015 93.1, 93.2, 93.3.

## Lösungen

**S. 20/21:** 1. Hase, 2. Eichhörnchen, 3. Reh, 4. Uhu

**S. 39–41:** (1) je nach Lösungsweg: Schokokuchen mit geheimer Zutat (4.) – reparierten, alten Teddy aus Kindertagen (6.) – Diashow mit Kinderfotos zur Geburtstagsfeier (8.)

(3) Marko – Nusskuchen – Tasse

**S. 94/95:** (4) 13 Buchstaben im Brief = 13 Piraten, da jeder Pirat nur einen Buchstaben kannte.

(5) Sehr verehrte Frau Mahlzahn, das Maß unserer Geduld ist voll. Sie sind erkannt. Wir wissen jetzt, dass Sie ein Verräter sind. Darum sind wir nunmehr Feinde. Dreimal wehe ihnen, wenn wir Sie treffen, dann rettet Sie nichts mehr. Mit unfreundlichem Fußtritt, die wilde 13

**S. 102/103:** Märchensprüche: Aschenputtel: Die Guten ins Töpfchen – Schneewittchen: Spieglein, Spieglein – Hänsel und Gretel: Knusper, knusper – Ali Baba: Sesam öffne dich!

# Inhaltsverzeichnis

### Zeit zum Lesen

### Medien entdecken

### Welt der Sprache

# Inhaltsverzeichnis

## Sagenhafte Märchenwelt

## Fantasie und Träume

## Durch das Jahr

## Methoden

**Autorin/Autor**
Die Autorin oder der Autor schreibt Texte und Bücher. Der Name der Autorin oder des Autors steht am Ende des Textes oder auf dem → Cover des Buches.

**Cover**
Das Cover (sprich: Kawa) ist die Vorderseite eines Buches. Auf dem Cover siehst du ein Bild, den Titel des Buches und → den Namen der Autorin oder des Autors.

**Hyperlinks**
Hyperlinks findest du in Texten im Internet. Es sind oft blaue Wörter.
Wenn du auf sie klickst, kommst du auf eine neue Seite. Auf dieser Seite wird alles rund um das blaue Wort erklärt.

**Illustratorin/Illustrator**
Eine Illustratorin oder ein Illustrator zeichnet die Bilder zu den Texten in einem Buch.

**Internet**
Das Internet ist eine Verbindung von Computern auf der ganzen Welt. Mit der Verbindung können Daten ausgetauscht werden, zum Beispiel Texte, Bilder, Musik und Videos.

**Medien**
Medien sind Dinge, die uns Informationen geben. Zu Medien gehören zum Beispiel Bücher und Hörbücher, Zeitungen und Zeitschriften, aber auch Videos und Internetseiten. Manche Medien kann man also anhören, manche lesen und manche anschauen.

**QR-Code**
Hinter einem QR-Code können sich ganz verschiedene Dinge verbergen, hier im Lesebuch sind es Hörtexte oder kleine Videos. Um sie abzurufen, musst du den QR-Code mit einem Gerät, zum Beispiel einem Tablet oder einem Handy, scannen.

**Recherche**
Eine Recherche machst du, wenn du in Büchern oder im Internet nach Informationen suchst, weil du etwas ganz genau wissen willst.
Dann recherchierst du.

**Sachtext**
Ein Sachtext informiert über ein bestimmtes Thema. Oft gehören zu Sachtexten auch Fotos, Bilder, Zeichnungen und Tabellen.

# Karibu

## Lesebuch 3

**Erarbeitet von**

Susanne Goralsky, Maria Hoyme,
Gerburg Kirsch, Corinna Roggenkamp,
Vera Scheithauer

auf der Grundlage von Karibu Lesebuch 2016, erarbeitet von Katharina Berg, Gerburg Kirsch, Heike Oberstadt

**Illustriert von**

Friederike Ablang, René Amthor, Antje Bohnstedt, Svenja Doering



Druck A[1] / Jahr 2024
Alle Drucke der Serie A sind im Unterricht parallel verwendbar.

Redaktion: Silke Lohmeyer
Illustrationen: Friederike Ablang, René Amthor, Antje Bohnstedt, Svenja Doering u.a.
Umschlaggestaltung: Annette Forsch unter Verwendung eines Schriftzuges von Godewind und einer Illustration von Svenja Doering
Layout: Godewind
Druck und Bindung: Westermann Druck GmbH, Georg-Westermann-Allee 66, 38104 Braunschweig

ISBN 978-3-14-129443-9